KB073154

이것이 아빠란다

이것이 아빠란다

우리 진상과의 대화

3

신형범 지음

좋은땅

| 목차 |

1부 진상과의 대화

2부 아빠의 횡설수설

1부

진상과의 대화

진상과의 대화는…

제가 2011년 여름에 뇌경색을 만났답니다. 그때가 60대 중반 때였습니다. 증상이 조금 있었을 때 병원을 찾았다면 이렇게 최악의 상황은 되지 않았을 텐데 당시는 '별일 아니겠지.' 하고 무시했더니 뇌경색이란 놈이 약이 올랐던지 나를 서지도 못 할 정도로 아주 지독하게 만들어 버리고 말았습니다.

아무리 아파도 누워 있는 것을 제일 싫어했던 제가 뇌경색 발병 후 난생처음 하루 종일 자리에 누워 있는 신세가 되고 말았답니다.

서지도 못하니 화장실은 기어가고, 오른쪽은 완전히 마비되어 씻는 것은 누가 씻겨 주지 않으면 불가능하고, 평생 누구에게도 굴하지 않고 당당하고 자신 있게 살아온 제가 도저히 이렇게 살아가는 것보단 죽는 것이 낫겠다는 약한 생각까지 들었습니다.

그렇게 생활을 한 지 1달 정도, 어느 날 가족(아내와 남매)을 불러 앉히고, "난, 평생 누구에게 신세를 지거나 내가 짐이 되는 걸 제일 싫어하며 살아온 사람이다. 그것은 가족이라 하여 달라질 것은 없다. 모두 나를 보면서 항상 걱정스런, 그리고 동정 어린 눈으로 쳐다보고 하는, 암울한 긴 시간 속에 너희들을 가두어 두고 싶은 생각은 추호도 없다. 그리고 그런 걱정 속에서 만들어 준 식사도 제대로 목구멍으로 넘어가지 않는다. 나가겠다!"

그리고 아이들에게도,

"너희들도 애비에 대한 부담은 조금도 갖지 마라. 더 이상 누구에게도 짐이 되는 건 싫다."

라고 말하니 모두 난리가 나고 말았습니다.

"말도 안 된다, 그 몸 갖고 어떻게 지내려 하느냐." 하면서~~~

하지만 한번 결심을 하면 물러서지를 않는 제 성격을 아는 가족들이기에 몇 개월간의 싸움 끝에 결국 제가 승리를 하여 모든 걸 내던지고 반지하 골방을 얻어 나오게 되었습니다.

당시 저는 내 자식들에게 한 말이 있었습니다.

"아빠는 지금이 오히려 즐겁단다. 이 최악의 몸으로 건강한 사람보다 더 건강하고 활기차게 살겠다는 목표가 생겼단다. 아빠가 이 싸움에서 이기도록 멀리서라도 도와주렴…. 지금까지 너희들과 많은 대화도 하지 못했지만, 이제 진정한 '이것이 아빠란다.'라는 것을 너희들에게 보여 줄 것이란다."

이후, 이렇게 매일 블로그를 통하여 우리 딸, 진상과 대화를 하였답니다.

그런 우리 진상이 지난 2015년 5월 결혼을 하였답니다.

당시 나의 이런 몸, 누구에게도 보여 주기 싫어 사랑하는 딸애의 결혼식이지만 참석을 하지 않으려 했는데, 우리 진상이 자기는 아빠 손을 잡고 식장에 들어가지 못한다면 결혼을 하지 않겠다고 며칠을 계속 울면서 조르는 바람에….

(흉악한 가시나! 절뚝거리는 아빠, 창피하지도 않나…. 아님 아빠 망신 줄 일이 있나…ㅎㅎ?)

우리 딸의 손을 잡고 식장에 들어가는 감격도 얻을 수 있었습니다.

그런 거 보면 이런 육체의 아픔도 나쁜 것만은 아닌 것 같은 생각이 들기도 합니다…ㅎㅎㅎㅎ.
'죽일 놈'에게 빼앗긴 우리 딸…ㅎㅎㅎ.

이제, 그동안 우리 진상에게 쓴 글을 이곳에서 되돌리며 지나간 그리움을 찾으려 한답니다….

2013년 7월 13일 오후 05:51

JS야!

오늘 오전의 일이었단다.

오늘도 비가 억수로 쏟아지는 옥상에 올라가 걸음마 연습을 하였단다.

그때 옥상에 올라와서 담배를 피우던 안면이 많은 젊은 친구가,

"어르신 이렇게 비가 많이 오는데 오늘도 옥상에 오셨군요."

하면서 뇌경색 불구자가 잘 걷지도 못하면서 빗속을 걷는 것이 안쓰러웠던지 한마디 하였단다.

그래서 걷는 것을 멈춘 아빠가,

"젊은 친구, 내가 걷는 연습하는 데 이런 폭우는 아무런 문제가 될 수 없단다. 내가 이렇게 걷는 건 육체를 위한 것도 있지만 이전에 내 마음하고의 약속이기에 멈출 수가 없는 것이란다. 더욱, 오늘은 비가 오니 못 쓰는 오른손으로 우산까지 드는 연습까지 할 수 있으니 얼마나 좋으냐!"

라고 말하니,

그 친구, "정말 어르신 대단하시네요." 하면서 감탄한 표정이더라.

JS야!

이렇게 자신하고의 약속은 그 어느 것보다 중요하고 어떤 악조건의 상황도 문제가 되지 않는다는 것을 명심하여라….

2013년 7월 18일 오전 07:28

JS야…

오늘 아침도 옥상에 올라가니 역시 장맛비는 계속 내리는구나.

오늘은 보건소에 혈액검사를 하기로 되어 있기에 금식 상황이란다.

하지만 하는 건 계속해야 되겠지?

오늘부터는 걸음마 연습 프로그램을 한 단계 더 업그레이드시켰단다.

지금까지는 비틀비틀하며 온 신경이 넘어지지 않으려고 하는 데만 집중되어 자연히 아래만 보고 걸었었는데, 오늘부터는 먼 앞을 보고 걷기로 하였단다.

그래서 그렇게 하여 보니 처음이라 걷는 건 불안하지만, 마치 다른 세상을 보는 느낌이었단다.

보통 사람들에게는, 그리고 예전에는 느끼지도 못하고 살던 아무것도 아닌 이러한 모든 것이 지금은 소중하기만 하구나.

앞을 쳐다보고 조금의 거리일지라도 똑바로 걷는 것이 아빠의 다음 목표란다.

그래야 우리 JS 결혼식 때, 아빠가 우리 딸을 데리고 식장으로 들어갈 수 있지 않겠니?

그 소중한 기쁨, 어느 누구에게도 빼앗기지 않을 것이란다…….

2013년 7월 19일 오전 07:49

JS야,

오늘 아침은 햇살이 구름에 가리워 있더니

지금은 그동안 못 주었던 빛까지 주면서 강한 햇살이 마치 창을 부수듯이 비치는구나.

아빠는 요즘 옥상에 갈 때는 옥상에 오르는 계단이 있단다.

처음엔 난간을 잡고 오르고 내렸지만 며칠 전부터는 난간을 잡지 않고 다니기 시작했단다.

오늘도 걷기 운동이 끝난 뒤 평소와 마찬가지로 담배를 한 대 시원하게 피웠단다.

담배가 나쁘다고는 하지만 뇌경색에는 정말 나쁜 것 같단다.

걷기 연습을 어느 정도하면 걷는 것도 어느 정도 부드러워졌다가도 담배를 한 대 피우고 나면, 또다시 비틀비틀하면서 한 발 한 발 떼기도 힘들어진단다.

그것은 발병 후 지금까지 똑같은 현상이란다.

예전엔 담배를 피우고 나면 어질어질하여 일어나지도 못하였지.

그래도 아빠는 담배를 끊지는 못하고 (아니, 절대로 끊지 않을 것이니깐!) 나 나름대로의 구실을 만들었지,

"그래, 네(담배)가 이기나 내가 이기나 한번 해보자."

하면서 결사적으로 피워 왔단다.

그런데 오늘, 담배를 피우자마자,

"그래 이것도." 하면서 계단을 내려가기 시작하였단다.

눈을 질끈 감았다 심호흡을 한 번 하고 내려가서 하나의 계단은 무사히 내려갔는데 다음 계단 중간에서 비틀 쓰러지면서…….

아픈 통증을 참으면서도,

"그래, 하나의 계단이라도 내려왔으니 다행이다, 내일 다시 도전해야지."

ㅎㅎㅎ JS야,

아빠의 이런 건 배우지 말어라……^^*

2013년 7월 20일 오후 12:48

JS야…

　어제는 저녁에 한 팀의 손님이 왔다 간 후, 바로 예정에도 없었던 처음 온 손님이 또 한 팀이 오는 바람에 끝나고 바로 지쳐서 쓰러져 자고 말았단다.

　헌데, 아빠의 바이오리듬은 역시 정확하단다.

　조금 일찍 잤다고 새벽 4시에 깨어나는 바람에……ㅎㅎㅎ

　아침, 아빠의 옥상 물리치료실에 올라가 운동을 하고 있는데 젊은 친구가 옥상의 역기 몇 번 들다 그냥 쉬고 있는 거 아니겠니?

　그래서 아빠가,

　"어이 친구 왜 운동을 하다가 마냐?"

　하고 묻자,

　"땀이 나서요." 하기에,

　"젊은 친구, 운동은 땀이 흠뻑 나도록 하여야 되네. 자네처럼 하다 말면 그것은 운동이 아니라 골병드는 지름길이라네. 나는 이렇게 걷는 것이 보통 사람들 뛰는 것보다 더 힘들고 에너지도 많이 소모된다네. 허지만 이렇게 한 시간 운동하고 땀이 흠뻑 젖은 몸에 찬물로 샤워를 하고 나면 즐겁게 하루를 시작할 수 있다네."

　라고 말하자,

　"저도 어르신 말씀대로 내일부터는 열심히 하겠습니다."

　하기에,

　"아니야, 내일이 아니라 지금부터라는 마음을 가지게."

하면서 웃으면서 내려왔단다.

"물론, 어제 실패한 계단은 멋지게 성공하면서……."

좋은 주말 보내거라~~~~~~~~~~~~~

2013년 7월 21일 오전 07:04

JS야,

오늘 아침에 옥상은 바닥이 촉촉이 젖어 있는 걸 보니 비가 왔던 것 같구나.

하늘도 한쪽 하늘은 시커먼 것이 금방이라도 비가 올 것 같은데 또 한쪽 하늘엔 짙은 구름 사이로 밝은 햇살이 살짝 보이기도 하는구나.

오늘은 어제 무인 수납 장치의 물류 상품의 넣고 찾는 방법에 대하여 특허를 내야 하겠구나 생각했으니 오늘 특허 서류 작성을 시작하여 내일 성모병원 암 센터에 10시 30분에 예약하고, 병원 가기 전에 특허청에 들러서 접수시켜 내일 아침엔 출원번호를 무조건 손에 쥐어야 한다.

남들은 특허 하나 내려면 몇 달간 또는 더 긴 시간 동안 구상을 하고 다음에 변리사에게 특허 서류 작성을 의뢰하면 또 한두 달, 이렇게 긴 시간이 걸린다 하는데 아빠는 오늘 불과 몇 시간 만에 끝내서 또 하나의 기적을 만드는 것이 오늘의 목표란다.

창밖의 하늘은 잔뜩 찌푸리고 있구나.

오늘은 아무래도 폴 뉴먼과 로버트 레드포드가 나왔던 70년대의 영화, 〈내일을 향해 쏴라〉에 나오는 〈Rain Drops Keep Falling on My Head〉을 들으면서 작업을 하여야 하는 날씨가 될 것 같구나.

그래도 오늘의 목표와 행복한 음악이 있으니 오늘도 즐거울 것 같은 생각

이……^^*

날씨는 비록 꿀꿀하지만, 즐거운 휴일 되거라……^^*

2013년 7월 22일 오후 02:53

JS야,

오늘은 새벽부터 엄청난 빗줄기가 스케줄이 많아 외출을 하여야 하는 아빠를 겁주는구나.

양동이를 쏟아붓는 것 같은 비는 멈출 줄을 모르고 있구나.

오늘은 성모병원에 안과 검사와 결과 후 수술이 예정되어 있고, 그제 아빠가 얘기한 특허출원 건도 있고 하여 바쁜데 날씨가 이렇게 그지 같으니……쯔쯔쯔쯔쯔

허지만 날씨가 이렇다고 달라질 것은 없어야 되겠지?

더욱이 하루 만에 서류를 만들어 특허출원 하는 기적을 만들겠노라 큰소리쳤으니…….

스케줄은 특허청을 먼저 가고 다음에 병원에 가기로 결정하고 7시가 좀 지나서 빗줄기 속으로 들어갔단다.

특허청에 도착하니 9시 전, 후문 쪽에 가서 담배를 찐하게 한 대 피우고, 특허청 사무실로 올라가 어제 작업한 출원서를 제출하였단다.

제출한 서류를 꼼꼼히 살피던 담당이 얼마 후 접수증을 프린트하여 주었단다.

출원번호: 10-2013-0085XXX,

특허 제목: Various sizes of storage device sun attended goods are delivered efficiently and how to put the system to find items.

(실력 없는 아빠의 영어 실력으로 만든 전문 기술 용어니 순 엉터리…ㅎㅎㅎ 하지만 내용이 중요하니깐…^^*)

병원 예약이 10시 30분이기에 미사는 못 보아서 조금은 분하지만 그래도 성모상 앞에서 기도를…

이렇게 하여 아빠는 또 하나의 기적과 승리를 만들었단다….

목표를 만들고 그것을 완성하면 그것도 우리 생활 속에 쉽게 만들 수 있는 행복이 아니겠니?

목표가 있는 한 주의 시작이 되거라…^^*

2013년 7월 23일 오전 06:27

JS야,

오늘 아침엔 옥상에 올라가니 간간히 뿌리는 약한 비가 오히려 상쾌하기까지 하는구나.

약간 어두운 하늘과 아침 바람이 기분 좋은 아침이다.

오늘은 아빠가 또다시 새로운 목표를 정했단다.

작년 연말, 살이 너무 쪄서 너로부터,

"아빠! 이제 배까지 나왔네요."

라는 충격적인 말을 듣고,

"그래, 좋다. 뇌경색 불구의 아빠가 이 나이에 식스 팩을 만들 테니 두고 봐라." 하여 그날부터 살을 빼기 시작하여 식스 팩까지는 안 됐지만 H팩까지는 만들고 체중도 10kg까지 줄였지만, 갑자기 살이 빠져 기운이 너무 없기에 '안 되겠다.' 생각하고 그날부터 매일 저녁 돼지고기 한 덩어리씩을 물에 삶아 소금에 찍어 먹기 시작했는데, (그 옛날 아빠가 혼자 여행을 하면서 산에서 토끼니 그리고 뭐니 잡아서 먹는 것을 그리며…ㅎㅎㅎㅎ) 헌데, 문제가 발생하기 시작했단다.

몇 년간을 인슐린주사를 맞다가 하루에도 배, 다리에 주삿바늘을 푹푹 찌르는 것이 너무 싫어 의사에게 부탁하여 약으로 다시 바꿔 달라고 하여 두 달 동안의 아빠의 노력과 담당 선생님의 정성으로 약으로 바꿨는데, 요즘 또다시 혈당이 삼사백 대에서 노는 거 아니겠니? 아마도 고깃덩어리 먹어 치우는 원시인 생활 때문인 듯….

그래서 오늘부터 또다시 식단을 바꾸기로 하였단다.

뭐? 역시 아빠도 겁이 나서 그런다구?

ㅋㅋ 그게 아니라, 오늘부터는 혈당을 낮추는 것을 목표를 삼은 거란다…….

그렇게 생각해 주면 안 되겠니? ㅎㅎㅎㅎㅎㅎㅎㅎ

2013년 7월 24일 오전 06:56

JS야,

오늘 아침의 옥상도 궂은비는 멈추지 않고 있구나. 우산을 힘들게 들어야만 하는 바람까지…….

아빠는 어제 너의 고운 전화를 받고 아직도 푸근한 마음속에 빗속을 거닌단다.

생일?

아빠에게는 익숙하지 않은 단어란다.

아빠의 생일은 몇 십 년 전에 마지막으로 끝났단다.

젊은 시절엔 혼자 낭인 생활하느라 잊어버렸던 것을, 그리고 누가 생일을 물어보면, "모른다, 나는 그런 것 없다."라고 지내 왔는데, 그 언젠가 한 여인과 약속을 하였는데 나가 보니 너의 할머니도 나와 계셨단다.

그리고 그 여인은,

"어머니, 오늘 이 사람 세상에 오게 해 주셔서 정말 고맙습니다."

그것이 아빠의 마지막 생일이었단다.

이후 그 여인은 그해 세상을 떠났고, 너의 할아버지께서도 다음 해 어떤 생일로 인하여 아빠가 할아버지와의 약속을 지키지 못하는 바람에 세상을 떠나고 마셨단다.

이후, 아빠에게는 생일이라는 것이 없었단다.

생일이 되면 평생 이 핑계, 저 핑계로 아빠 혼자 멀리 가 있다 돌아오곤 하였지.

헌데, 작년.

아빠의 생일에 너의 엄마가 찾아와 아빠 생일을 차려 준 것은 너무도 뜻밖이고 그리고, 고마웠단다.

J야, 아빤! 우리 딸의 사랑스런 그 전화만으로도 그 어느 화려한 생일상보다 고맙단다, 허니, 주말도 야근 등으로 바쁜 우리 딸이 아빠 생일이라고 일부러 오지 않았으면 한단다.

다음엔 시간이 나서 아빠에게 올 때, 아빠 '구름 과자'나 사다 주렴……. 그것으로 충분한 대신이니깐……!

사랑한다… 그리고, 고맙다….

2013년 7월 25일 오전 08:21

JS야,

잘 들어갔니?

아빠 생일이라고, 우리 막둥이까지….

Y도 이제는 군바리 티를 완전히 벗은 것 같구나….

잘생긴 우리 막둥이, 체격도 단단하고 사회에 적응하기 위하여 바쁘다니 반갑구나.

모처럼 옥상 바닥에 물기가 없는 날이구나.

오늘은 좁은 방이지만 사람들이 많아질 것 같아 구조를 좀 바꿔야 될 것 같단다.

전에는 붙박이 식탁을 잡고 푸시업을 했는데 이제는 방에서는 푸시업을 하지 못하고 옥상 난간을 잡고 대신한단다.

며칠 동안 비가 와서 푸시업을 하지 못하였더니 내가 마음으로 정한 숫자를 하기가 힘이 들구나.

허지만 팔에 힘이 떨어져 탈진 상태지만 다음은 마음의 힘으로 정한 숫자를 마무리할 수 있었단다.

이렇게 자신의 마음은 때로는 자신의 육체를 컨트롤할 수도 있단다.

육체가 아프거나, 힘들 때, 그다음은 자신의 마음에 부탁하여 보거라……

참!

어제, 강의 듣는 아주머니들이 와서, 며칠 전 아빠 블로그를 보았는지,

"오라버니, H팩 좀 보여 주세요."

하기에,

"내 H팩을 보려면 먼저 보고 싶은 사람 H팩부터 보여 주어야해!"

아빠, 말 잘했지?

사실 그 아줌씨들은 모두 S팩이거든……ㅎㅎㅎㅎㅎㅎ

크~~~ 이건 보면 안 되는데…^^*

2013년 7월 26일 오전 07:39

JS야,

모처럼 맑은 날씨, 잘 보냈니?

오늘 아침 옥상은 뿌연 날씨지만 하루 종일 무더울 것 같은 기분이 드는구나.

어제는 많은 사람들이 왔었단다. 점심 먹을 시간도 없어 잠깐 짬이 난 2시경 밥에 찬물을 붓고 그 옛날 군대에서 하던 식으로 마셔 버리고 말았단다.

무인 수납 장치 설계 미팅에, 제조업체 미팅, 그리고 오늘따라 많은 아주머니들……

아침에 간만에 세탁기를 돌리고 옥상에 널어놓자마자 손님들의 방문에 평소의 반바지 차림의 쿨한 복장으로……^^*

허지만 오늘 여러 아주머니들을 만나면서, 서글픈 한계를 느끼기도 하였단다.

이곳에 찾아오고서도, 그들의 어떤 선입견의 벽을 허물기가 어려운 사람들도 많았단다.

'선입견!'

어떤 상황과 자신의 생각으로 만들어진단다.

사회가 주는 선입견, 사람이 주는 선입견, 허지만 그 선입견을 많은 사람들은 좋은 쪽으로는 만들려 하지 않고 부정적인 부분에 대한 선입견만 만들어 가지고 있는 것 같구나.

무슨 분야, 무슨 분야 등의 부정적인 시각으로 만들어진 선입견이 아빠의 프로젝트도 그러함 속에 함께할 수밖에 없다는 그들의 선입견에 때로는 억울하지만, 사회 현실이 그러하니 그들을 탓할 수만도 없는 것 같구나.

아빠가 한 말 생각나니?

'사회에 자기 자신을 담지 말고, 자기 자신의 판단 속에 이 사회를 담으라고….'

손님들과의 만남을 끝내고, 옥상에 올라가니 건조대는 쓰러져 있고 집게를 집지 않은 빨래는 여기저기 흩어져 있었단다.

그 흩어진 빨래를 정리하면서, '마치 어지러운 우리의 사회를 보는 것 같았단다.'

가끔은 흩어진 빨래를 정리하듯, 어지러운 사회의 많은 일들도 옳고 그름을 정리할 수 있어야 청초한 수선화 같은 올바른 선입견을 갖게 되지 않을까!

비록 날씨는 더울 것 같지만, 마음은 쿨한, 오늘이 되거라.

2013년 7월 27일 오전 07:26

JS야,

더웠지!

오늘 아침, 동쪽 낮은 하늘엔 태양이 오늘 너희는 죽어 봐라 하면서 뜨거운 불덩이를 잔뜩 짊어지고 무거운지 건물 위에서 쉬고 있고, 서쪽 높은 하늘엔 살이 조금 붙은 못생긴 하현달이 밤새 어디서 놀다가 아직 집에도 들어가지 못하고 방황하고 있구나.

그리고 높은 하늘엔 가지각색의 새털구름이 각개의 모양을 뽐내고 있구나.

이른 아침부터 오늘의 뜨거운 열기를 느끼게 하는 풍경이란다.
더운 여름, 땀이 나는 것을 겁내지 말아라.
한번 땀이 온몸을 적시면, 그다음엔 더위가 두렵지 않단다.
오히려 흐르는 땀이 상쾌하기까지 하단다.

많은 사람이 여름을 두려워하는 건 땀이 나는 것이 싫기 때문이란다.
여름은 헉헉거리는 더위가 있어야 멋진 여름 아니겠니? ^^*

해수욕장의 바닷물도 짜고, 땀도 역시 짜고, 피서가 따로 있냐!
땀이나, 바닷물이나 흠뻑 적시면 피서지……ㅎㅎㅎㅎㅎ

7월의 마지막 주말!

즐겁게 보내거라…….

2013년 7월 28일 오전 08:14

JS야,

오늘 하늘은 무엇이 못마땅한지 잔뜩 인상을 쓰고 있구나….
그지 같이…….

오늘부터는 아빠 배 속에 혁명이 시작된단다.
그동안 몇 년 동안 물리는 것을 모르는 무식한 아빠 위 속의 단골손님인 계란이 이제 이별을 고해야 될 것 같단다.

아빠의 다정하고 친절한(조금은 흉악하고 ^^*)
영양사 아가씨가 아빠가 계란을 우유에도 깨 넣고, 밥 먹을 때도 깨 넣고 하여 하루에 몇 개씩 먹는다 하니, 그것도 아빠의 중성지방과 콜레스테롤이 높은 원인이 될 수도 있다고 하면서 일주일에 2개 정도, 그것도 노른자는 빼고 먹으라고 권하기에, 골치 아픈 건 질색인 아빠는 아예 계란하고 이별하기로 하였단다.

헌데 이제부턴 무얼 먹지?
계란 대신 오리알로 바꿀까? ㅎㅎㅎㅎ

그 옛날!
무전여행 다닐 때면, 시골 장터에서 토끼 한 마리 사서 산으로 가서 불에 구워서 소주와 먹었는데….

　그놈들이 그 죄로 이제 자기들과 같이 풀만 먹고 살라고 하는 거 같구나…ㅋㅋㅋ

　옥상 운동을 끝내고 그래도 아침은 먹어야 하기에 아침을 먹으려 시리얼과 우유 그리고 쨈을 꺼내고 냉동실에서 빵을 꺼내려 하니 '에고, 빵을 산다는 것을 깜빡했구나.'

　지금까지 몇 년 동안 아빠의 냉동실엔 식빵은 항상 푸짐히 있었는데…….

　그때 아빠의 눈에 빤짝하고 보이는 게 있었단다.

　한 일 년 전인가 아니 좀 더 되었겠구나.

　네가 사 온 견과류 케이크가 있는 거 아니겠니. 당시 맛은 있었지만 너무 달아서 안 먹은 건데…….

　그래, 꿩 대신 닭이다 생각하고 무조건 꺼내서 토스트 오븐에 넣고 구워서 눈 질끈 감고 배 속에 처넣었단다.

　크, 쓰레기통 비슷한 아빠 배니깐 오래되었다고 별 이상은 없겠지~~~~~~~~

　그래도 날씨란 놈이 아빠 운동할 땐 오지 않더니 지금 창밖엔 세차게 쏟아지는 빗줄기가 보이는구나.

　'그놈의 날씨! 이쁘기도 해라.'

　휴일, 즐겁게 보내거라……^^*

2013년 7월 29일 오전 07:42

JS야,

휴일 즐겁게 보냈니?
새로운 한 주가 시작되는 월요일이구나.

오늘 아침, 아빠의 물리치료실, 오늘도 바닥이 촉촉이 젖어 있고 벤치도 잔뜩 물기를 머금고 있구나.

한참을 옥상을 왔다 갔다 걸음마 연습을 한 뒤, 며칠 전 이제 웨이트 트레이닝을 조금씩 해 볼까? (크, 주제도 모르면서~~)

옥상 한구석에 벤치 다이와 역기(바벨)를 갖다 놓았는데, 그곳에 가는데 얼굴에 거미줄이 걸리는 거 아니겠니?

그래서 자세히 보니 거미 천국이구나.

화가 나서, 몇 마리를 죽이다가,

'에고… 내가 무슨 짓을 하는 거지?' 하는 생각이 드는 거야,

며칠 전 음악 이야기를 할 때, 거미줄에 맺힌 이슬을 옥구슬이라고 했는데, 거미 사냥 작전을 멈춘 아빠가 거미들에게,

'미안하다, 허지만 거미줄에 닿는 건 별로 좋진 않단다. 허니 내가 다니는 길엔 제발 치지 말아 주렴. 난 네 먹이가 아니란다….'

모든 사람이 싫어하는 거미줄도 이렇게 생각에 따라서 좋아질 수도 있는데 사람과의 관계도 그렇지 않을까?

미운 사람 다시 한번 생각하는 여유 있는 즐거운 한 주 되거라…….

2013년 7월 30일 오전 07:46

JS야,

역기를 들려고 벤치대에 누워서 보는 하늘, 푸른색의 높고 맑은 하늘에 멀리 그믐달로 변해 가는 반달이 작게 보이는 구나.

문득, 〈낮에 나온 반달〉이라는 동요가 생각나는구나.

그 옛날, 동생 놈들이 자기들끼리 다투다 싸움이 벌어진 일이 있었단다.

그래서 아빠가 그놈들을 모두 데리고, 음악다방으로 가 야단을 친 뒤, 다방의 DJ를 불러 여기 동요 음반 있느냐? 물으니 있다고 하기에, 그럼 〈낮에 나온 반달〉, 〈구슬비〉 그리고 〈둥근 달〉을 계속 틀어 달라고 부탁을 했단다.

그리고 동생 놈들에게 "지금부터 나오는 노래의 가사를 머릿속에 담으면서 잘 들어라."라고 했고, 어린이들의 노래가 나오자 처음엔 이놈들이나 다방의 손님들이나 어이없어하다가 모두의 얼굴에 미소가 번지는 거야.

그래서 아빠가,

"잘 들어라 얼마나 아름다운 가사냐. 저런 예쁜 동요를 들으면 다툴 마음도 싸울 마음도 그리고 남을 미워할 마음도 사라진단다. 이놈들아 아침에 일어나면 동요를 듣는 일부터 시작하는 게 어떠냐……."

그리고 아빠가 일어나서 다방 손님들에게,

"여러분, 이 아름다운 노래 한 번 더 듣는 게 어떠세요?" 하니,

모두들 박수를 치면서 좋다고 하여, 한 번 더 DJ에게 들려달라고 하였단다.

벤치대에 누워 있는 아빠의 얼굴 위엔 수많은 잠자리가 신나게 날아다니고 있구나.
"저 사람은 누워서 저 무거운 것을 들고 있으니 우리를 어쩌지 못할 거야."
하면서……^^*

좋은 오늘 되거라…….

2013년 7월 31일 오전 07:56

JS야,

오늘 아침, 옥상에 오르니 하늘은 온통 사방이 진한 파스텔 톤으로 칠해져 있구나.
비가 또 오려나?

오늘은 분홍빛 얘기를 하려고 한단다.
(크~ 친구 같은 우리 딸내미하고 찐한 농담도 많이 했으니깐~~~~^^*)

어제 날씨가 맑을 것 같아 빨래를 하여 옥상에 널고 왔단다.
그런데 오후에 날씨가 다시 꿀꿀해 옥상에 올라가 보니 건조대는 쓰러져 있고 아빠의 옷은 여기저기 흩어져 있는 거 아니겠니?
아빠의 빨래 중 가장 높은 비중을 차지하는 건 운동을 할 때마다 벗어 놓은 볼썽사나운 속옷인데….

헌데, 흩어진 아빠 빨래와 함께 옆에 있던 건조대도 쓰러져 그 건조대의 빨래도 사방으로 흩어져 자유를 만끽하고 있었는데, 그 건조대의 빨래는 전부 여자 옷으로 예쁜 속옷들도 마음껏 놀고 있는 거야.
아빠는 흩어진 빨래를 주워서 다시 건조대에 널고 가려 하다 흩어진 여자의 빨래도 그 사람이 와서 보면 얼마나 속상해할까 생각하고 건조대를 세워 흩어진 빨래를 모두 주워 건조대에 널었단다.

예쁜 속옷도 원 없이 만져 가면서……^^*

아빠 여자 속옷 그렇게 많이 만져 본 건 머리털 나고 처음인 것 같단다.

헌데, 다 널고 다시 내려가려고 하니 또 바람이 불면서 건조대들이 쓰러지는 거 아니겠니?

할 수 없이 아빠 빨래는 거의 마른 것 같아 접어서 걸고, 옆에 건조대는 다시 세워서 아빠의 빨래집게로 날아가지 않게 집어 주고…….

ㅋㅋㅋ J야, 예쁜 여자 속옷이라서 그렇게 한 건 절대로 아니란다….

오해는 말거라…^^*

내 것이 소중하면 다른 사람의 것도 그 사람에게는 소중한 거 아니겠니?

같은 값이면, 속옷의 주인인 여자도 이 속옷만큼 예쁘면 좋으련만…ㅋㅋㅋㅋ

빨래 주인이 올라와 무슨 오해를 할까 봐 아빠 오른손으로 글씨는 못 쓰기에 컴퓨터로 쳐서 프린터로 뽑아 메모를 건조대에 붙여 놓고 왔단다.

꿀꿀하던 날씨는 역기를 들려고 벤치대에 누우니 지금은 강한 햇빛이 아빠의 얼굴을 때리고 있구나…….

오늘도 우리 딸에게 기쁜 날이~~~~

2013년 8월 1일 오전 07:35

JS야,

달력만 쳐다봐도 열기가 느껴지는 8월의 시작이구나.

어제는 오전에도 손님이, 오후에도 10명 가까운 아줌씨들이 자녀들의 앞날에 대한 시원치 않는 아빠의 강의를 듣기 위하여 좁은 이곳에 가득했었단다.

이렇게 아빠는 매일 꽃 속에 파묻혀 지낸단다……^^*

축축 처지는 8월, 이 계절이 시작하는 날에, 아빠는 '거침없이'란 말을 들려주고 싶구나.

'거침없이'란 말 아빠가 좋아하는 말 중 하나란다.

무슨 일을 할 때도 거침없이 하지만, 이 계절엔 많은 사람들이 더워서 꼼짝하기가 싫다 등 많은 이유로 몸을 움직이는 것을 싫어하게 되지.

이렇게 그런 게으른 마음을 지울 수 있는 말이 거침없다는 말인 거 같단다.

일어나기 싫을 때도, 뜨거운 밖에 나갈 때도 '거침없다'라는 말을 마음속에 담고 있다면 한층 더 활발한 8월이 되지 않겠니?

뜨거운 8월이라고 생각지 말고, 이제 포근한 8월의 시작이구나 하고 생각을 하면서 거침없이 오늘을 시작해 보렴……^^*

끔찍한 8월이 한결 이쁜 8월이 되지 않을까?

보람찬 8월의 첫날이 되기 바란다….

2013년 8월 2일 오전 07:31

JS야,

8월의 첫날은 잘 보냈니?

오늘도 밤새 비가 다녀간 것 같구나.
한 번이라도 안 오면 무엇이 서운한 듯······.

한참을 걸음마 운동과 물기 먹은 난간을 잡고 푸시업을 하고, 역기를 들기 위해 벤치대로 오니 비닐 커버 위에 여기저기 제법 많은 물이···.

잠시 망설이다가, 그래 '케세라세라'다 하고 그냥 젖은 벤치대에 누워 역기를 들기 시작했단다.

'케세라세라.'
영화 주제곡이기도 했던 이 말은 영화에서는 '될 대로 되라.'라는 뜻으로 풀이되어 그 옛날, 아빠의 어릴 적에는 '케세라세라~~~' 이 노래를 '될 대로 되라~~~' 하면서 노래를 부르기도 하였단다.
사실은 '케세라세라'라는 말의 뜻은 그게 아닌데······.

여하튼, 모든 사람들이 자포자기한 상황에서 쓴 이 자조적인 말을 아빠는 무척이나 좋아한단다.

아빠가 어제 '거침없이'라는 말을 하였었지.

그 '거침없이'라는 말과 이 '케세라세라'라는 말, 어떤 면에서는 연관될 수 있는 말이라는 걸 느끼지 않니?

'거침없이'가 행동의 말이라면, '케세라세라'는 때로는 그 행동에 이어지는 마음의 말이기도 하단다.

요즘 소위 '통빡을 굴린다.'라는 말을 안 좋은 의미로 많이 사용된다.

아빠는 그 '통빡을 굴린다.'라는 말이 싫고 또 '통빡'을 굴리는 사람 또한 제일 싫어한단다.

통빡을 굴린다. 그것에는 스트레스가 가득 들어 있지만, 케세라세라에는 스트레스라는 것이 전혀 있을 수 없는 '쿨'한 말이기도 하단다.

ㅋㅋㅋ 아빠만의 궤변인가?

우리 효녀, 아빠 말 듣는다고 '시집가는 것까지 케세라세라를 넣지 말거라.' ㅎㅎㅎ

오늘도 따스함이 가득한 날 되거라⋯⋯^^*

2013년 8월 3일 오전 07:47

JS야,

오늘은 아침부터 무더울 것 같구나.
이런 날씨, 잠자리들은 신이 나는 모양이구나.

어제 오후 6명의 새로운 아줌마 손님들이 왔단다.
처음 온 방문객들은 새로운 분위기와 나의 모습에 조금은 어색하고 굳어 있는 모습이었단다.

잠깐의 인사 후, 아빠가,
"많은 분들이 오셔서 제가 이 몸으로 차 대접해 드리기가 어렵네요. 여긴 두 번째 오시는 분들은 모두 셀픈데, 오늘은 특별히 셀프로 부탁드릴게요. 커피는 저기 다양하게, 정수기는 여기, 주스 등 음료수는 냉장고에 있으니 마음껏들 드세요."
하고 말하니 한 여자분이,
"그래도 돼요?" 하더니 일행의 주문을 받더니 서빙을 시작했단다.

그리고 아빠가,
"그리고 저기 우리 아줌씨들이 먹으라고 가져온 과자고 빵이고 잔뜩 있으니 마음껏 드세요."
그러니 한 여자가,

"와~ 고마워요, 그럼 저도 다음에 올 때 잔뜩 사 올게요." 하면서 과자하고 빵을 테이블에 갖다 놓는 거야.

그래서 아빠가 웃으면서,

"오, 이쁜 말! 난 이쁜 말은 절대로 잊어버리지 않는데……^^*"

하고 말하니 모두가 웃음바다가 되었단다.

그리고 그 웃음은 모두에게 미소를 만들어 주고 아빠와의 첫 미팅은 이렇게 웃음으로 시작하여 웃음으로 끝나, 모두가 아빠한테 온 것을 만족으로 생각하며 미팅을 마쳤단다.

이렇게 우리가 TV 프로의 코미디나 재미있는 일은 커다란 웃음을 만들어 주지만, 미소는 흐뭇한 여운을 만들어 준단다.

8월의 첫 주말!

미소가 가득한 오늘 되거라……^^*

2013년 8월 4일 오전 07:36

JS야,

오늘 아침, 약간의 비가 뿌리더니 운동을 하고 내려오니 햇살이 강하게 비추는구나.

심통이 가득한 누구처럼 변덕이 죽 끓듯 한 날씨구나.

어제저녁은 우리 딸 덕분에 등심구이(JS야, 그거 등심 맞니? 입이 무식한 아빠, 너한테 항상 돼지고기, 소고기도 구분 못 한다는 핀잔을 들으니…) 만찬을 즐겼구나…. 배 속의 토끼가 아마 놀랐을 거야, 그러면서 의리라고 는 파리 씨알만큼도 없는 사람이라고 투덜투덜……^^*

(그거, 등심 아니면, 문자 보내거라…. 후진, 우리 아빠 입이라구…ㅎㅎㅎ ㅎㅎ)

아빠의 오늘 아침, Start한 만보계가 3,000 숫자가 넘었을 때 역기를 하려 고 벤치대에 누워서 역기를 들어 올리니 오늘은 엄청 힘이 드는구나.

"어, 몸 컨디션이 좋지 않은가? 어제 우리 JS가 구워 준 등심까지 먹었는 데……."

그래도 내가 누구냐? 우리 J 아빠 아니니.

일단 누우면 50개가 목표이기에 두 번을 쉬어 가면서 이를 악물고 50개 를 들었단다.

그리고 힘들게 일어나서 심호흡을 하고 역기를 보니,

'어, 2kg짜리 바벨이 하나 (한쪽에) 더 껴 있네….'

누가 역기를 들어 보려 하다가 오른손이 시원치 않은 아빠의 역기가 너무 가벼웠던지, 2kg짜리 바벨을 더 끼웠던 거란다.

아빠의 현재 드는 역기의 무게는 20kg 정도인데, 2kg짜리가 양쪽으로 2개니 불과 4kg이 Over되었을 뿐인데 그렇게 힘들었던 거란다.

그래서 그 2kg짜리를 빼고 들으니 다시 부드럽게 아빠의 아침 목표인 300개를 마칠 수 있었단다.

그러면서, '그래, 다음 달엔 4kg을 추가하여 들어야지.' 생각하면서…….

이렇듯, 우리 삶에서도 지나친 욕심과, 무리한 계획은 자칫 일을 그르칠 수가 있단다. 자신의 수준에 맞는 계획은 다음에 그 수준을 점차 높여 갈 수 있지만 처음부터 지나친 과욕으로 무리한 목표를 세워 시작하면 중도에서 포기하게 되고 그것은 이후의 삶에도 중요한 문제가 될 수도 있단다.

오늘은 빨래를 해야겠구나.

오늘도 예쁜 속옷 빨래가 널릴까? ㅋㅋㅋㅋ…….

오늘 아침은 어제 네 밥을 하면서 태운 냄비의 누룽지를 끓여서 김치와 함께 간만에 50년 전의 식단의 맛을 보아야겠다.

(ㅋㅋㅋ 조금 쓰겠지, 집 안이 연기로 가득 찼으니…. 뭐 숯도 먹는데 괜찮겠지? ㅎㅎㅎㅎㅎ)

오늘도 즐거운 휴일 되거라~~~

2013년 8월 5일 오전 07:47

JS야,

오늘 아침은 밝고 맑은 하늘이 여름이 무르익어 가고 있음을 보여 주고 있구나.

오늘부터는 실질적으로 8월의 업무가 시작되기에, 자칫 아빠가 게으름 피우면 부지런한 아줌씨들에게 흉물스런 스트립쇼를 보여 줄 것만 같아, 운동서부터 모든 것을 30분을 당기기로 하였단다.

오늘도 옥상의 아침 운동을 하는데 말쑥한 운동복을 차려입은 50대로 보이는 부부가 올라와서 걷다가, 갑자기 여자가,
"아휴~~ 냄새…." 하면서 코를 막더니 얼굴을 찡그리는 거야.
그러자 남자도 얼굴을 찡그리면서,
"여보 여기서 운동 못 하겠다." 하면서 옥상 산책을 멈추고 내려가는 거 아니겠니?

그래서 아빠가 그곳을 지나가니 생선 굽는 냄새가 나는 거야.

이곳 옥상에는 입주자 주방의 렌지 후드 배출구가 10여 개 설치되어 있는데 그곳에서 올라오는 냄새란다.

그들의 모습을 보고, 나는 속으로,

'빌어먹을… 자기네는 삼겹살 구울 때 향기가 나나? 아님 자기들의 냄새는 땅으로 꺼지나. 이 아침에 생선 굽는 냄새가 나면 어느 집인지 모르지만 그 집 주부가 가족들을 위해 이른 아침부터 음식 준비를 하는구나 하고 아름답게 생각하면 어디 덧나나.'

그 옛날 시골에 가면 입구에 들어가면서부터 두엄 냄새가 코를 찌른단다.
그래서 도시 사람들은 농촌에 가면 코부터 막는단다.
허지만, 아빠는 그 냄새가 그렇게 좋을 수가 없었단다.

그립구나.
지금은 농촌에도 사라진 그 정겨운 냄새가…….

이렇게 각 개인의 생각에 따라서는 옳고 그름, 싫고 좋고를 다르게 느낄 수가 있단다.

우리 딸, 현명한 생각이 있는 한 주가 되어라……^^*

2013년 8월 6일 오전 07:30

JS야,

오늘도 아침부터 습하고 더운 게, 백설 공주에 나오는 두 번째로 예쁜 여자와 같은 날씨일 것 같은 생각이 드는구나.

어제 늦은 저녁, 아빠의 구름 과자가 떨어져 편의점에 갔다가 편의점 앞의자에서 구름 과자를 먹고 있는데, 옆 테이블의 몇 명의 손님들이 심한 논쟁들을 하고 있는 거 아니겠니?
가끔 고성도 오가면서.

그 논쟁들이 아빠의 귀로 들어오길래 들어보니 아무것도 아닌 것을 갖고서로 맞다고 주장하는 거야.
헌데 싸움 직전까지 갈 정도로 험한 상황까지……ㅎㅎ

그 옛날 아빠는 동생들과 함께하면 그놈들은 아무것도 아닌 것 같고 논쟁들 하다가 그것이 큰소리가 나기까지 한단다.

그럴 때 아빠는 절대 참견 안 하고, 빙그레 웃으면서 듣기만 한단다.
(지들은 싸우는데, 아빠 혼자 웃고 있으니 기분은 억수로 나빴겠지만…^^*)

그리고 나올 때, 틀린 놈 어깨를 툭 치면서, 웃으면서 작은 소리로,
"야, 임마, ××이 말이 맞는 거야."

그런 일이 몇 번 반복되면서 그런 논쟁이 있을 경우 아빠가 아무 말도 없으면 아빠도 모르는 것이지만, 틀린 놈에게 얘기할 땐, 그 답이 정답이라는 것이 그놈들에게도 인식되어 서로 화해하기도 하였단다.

그럼 '아빠는 왜, 그 자리에서 얘기해 주지 않았냐고?'

그 자리에서 아빠가 틀린 놈에게
"야 임마 네놈이 틀렸어!"라고 얘기해 봐라.
그놈 얼마나 무안하겠니?
그리고 때로는 아빠가 야속하고 또, 상대 놈에게 부끄럽기도……^^*

그리고 가장 중요한 것은 그렇게 자기들끼리 논쟁하다 얻은 답은 절대 잊지 않는단다.

JS야, 너 친구들하고 논쟁할 때, 아빠는 없단다…ㅎㅎㅎ ^^*

조금 논쟁하다, 설사, 너의 답이 맞더라도, MM야! 그래 알았다. 우리 확인해 보고 나중에 얘기하자.
'피자 맛 떨어지겠다, 피자나 어서 먹자….'

이렇게 하는 것은 어떨까……?

피자 다 먹지 말고 올 때 아빠, 한 조각 갖다주렴……^^*

백설 공주처럼 고운 오늘 되거라…….

2013년 8월 7일 오전 07:34

JS야,

어제는 정말 백설 공주의 계모가 심통을 부리는 것과 같은 날씨였는데….

오늘은 옥상에 올라와서 10분도 안 되었는데 벌써 옷이 흠뻑 젖었구나.

낮에 이곳에 올라와 보면, 담배를 피우려 이곳에 올라온 젊은 남녀, 모두가 하나같이 담배를 피우면서도 스마트폰을 들여다보고 있단다.

그 모습은 비단 이곳뿐 아니고, 지하철에서도, 또 길에서도, 거의 모든 사람들이 고개를 숙이고 스마트폰 속에 빠져 있단다.

그러한 모습을 보면서 아빠는 가끔은 섬뜩한 생각까지 든단다.

저것이 지속된다면, 이다음 먼 훗날 사람들은 과연 어떤 모습으로 진화할까…?

마치 원숭이가 밀림에 살기 좋게 팔이 길어졌듯이…….

문명, 그리고 첨단 과학과 함께 오는 새로운 제품, 그 하나하나가 등장할 때마다, 그것들은 우리 인간들에게서 소중한 것을 하나씩 빼앗아 간단다.

이미 자동차는 우리 인간들에게서 자연의 흙을 빼앗아 갔고, 스마트폰의 조그만 화면은 우리 눈으로 볼 수 있는 싱싱한 푸른 나무와 아름다운 꽃을, 그리고 맑은 하늘을 빼앗았단다.

JS야, 너도 지금 스마트폰에 빠져 있니?

허면, 잠깐 멈추고 고개를 들어 푸른 하늘을 한번 바라보는 것은 어떻겠
니…….

문명이라는 모순된 편리에서 벗어나 가끔은 맑은 자연을 몸속에 담아 보
거라.

한결 상쾌한 오늘이 되지 않을까……? ^^*

2013년 8월 8일 오전 07:10

JS야,

오늘 아침 5시 30분, 며칠 전만 해도 환하던 놈들이 벌써부터 밤의 어둠이 게으름을 피우는구나.

사람의 일상은 변화가 무쌍한데, 자연의 법칙은 이렇게 정확하기만 하구나.
(멍청한 놈들! 싫증도 안 나나…? ^^*)

어제 오후의 일이었단다.

아빠의 이쁜 동생 (사실은 좀 우악스럽지만) 그리고, 아빠의 항상 다정한 누님, 이렇게 몇 명이 아빠의 늙은 원탁에서 이야기를 하다가 아빠가, 독실한 크리스천인 동생에게,
"오라비, 담배 한 대 피우면 안 될까?" 하니, 안 된다고 하는 거야. (흉악한 깍쟁이! 미워 죽겠네.)

헌데, 우리 프로젝트 얘기를 하다가 Alley cat(도둑고양이) 얘기가 나오고 그리고 우리 무인 수납 장치엔 예쁜 고양이 머리를 붙이겠다고 하였더니, 갑자기 그 동생 눈에서 이슬이 흐르는 거 아니겠니.
어?

고양이 얘기를 하니 오래전에 죽은 키우던 고양이 생각이 나서 그리운 눈물이……

그것을 본 아빠는 구름 과자 못 먹게 한 서운함은 그대로 사라지고, 아줌씨들의 씩씩한 대장이 그렇게 연약하고 아름다울 수가 없더구나….

우리 사회는 모두가 외적인 아름다움에 혈안이 되어 있단다.
마치 그것이 삶의 기본인 것처럼……

허지만, 정말 소중한 것은 순수, 그리움, 진실, 이런 것으로 치장한 마음의 아름다움이란다.
외적인 육체의 아름다움은 점점 세월이 흐르면 추해지지만, 내적인 마음의 아름다움은 세월이 지날수록 그 빛을 발한단다.

우리 이쁜 동생의 아름다운 눈물을 본 아빠는,
"틀림없이 우리의 도둑고양이 'Alley cat'도 훌륭하게 그리고 예쁘게 키워줄 것 같은 생각이……"

오늘, 어쩌면 영원한 아름다움을 가질 수 있을까? 하는 이쁜 고민, 함 해보는 것이 어떨까!
그렇다고 엉엉 울지는 말고……^^*

고운 오늘 되거라…^^*
사랑한다, 우리 딸.

2013년 8월 9일 오전 07:05

JS야,

아침의 옥상은 어두운 구름으로 가득하지만, 간간히 불어 주는 바람이 간밤의 습한 여름을 식혀 주기 충분하구나.

어제 이른 밤, 가는 날이 장날이라고, 그지같이 무더운 어제, 집의 에어컨도 고장이 나고 선풍기도 하루 종일 자기를 부려 먹었다고 열 받아 가지고 시원하기는커녕, 뜨거운 바람만 보내 주고 있구나.

그래서 옥상에 올라가니, 그곳에선 또, 부부인지 아니면 그렇고 그런 사이인지는 모르지만 서로 다투고 있더구나. (에구… 날도 더운데, 왜 열들 내지?)

헌데, 다투는 중 여자가 왜 사람 자존심을 그렇게 계속 건드리냐는 말이 나오더구나.

'자존심.'
어쩌면 그것은 모든 사람들이 가지고 있는 마음의 얼굴이라고도 할 수 있겠지.
그 얼굴은 잘생기기도, 또는 못생기기도…….
그리고 자존심은 긍지도 만들어 주지만, 고집과 수치도 만들어 준다.

아빠, 군대 생활할 때의 일이란다.

아빠가 제대를 몇 달 앞둔 우리 과의 최고 고참 때, 과원들의 잘못으로 중대 본부에 불려가 중대장에게 엉덩이가 터지도록 빠따를 맞았단다.

과원들은 모두 오늘 이제는 나에게 죽었구나 하고 생각들 하고 있었겠지.

절뚝거리고 온 아빠는 과원들을 모두 집합시키고, 엎드려뻗쳐를 시켜 놓고, 30㎝ 자로 모두의 엉덩이를 살짝살짝 건드리고 일어나라고 한 뒤, "아프냐?"라고 물으니 아무도 대답을 하지 않고 고개들만 숙이고 있었지.

그래서 아빠가,

"빠따란 아프게 하는 데 목적이 있다. 너희들은 모두 우리나라의 최고의 대학을 다녔고, 좋은 집안에서 자랐기에 이곳에서 군 생활을 하고 있다. 군대기 때문에 너희보다 보잘것없는 나에게 집합을 당했고, 또 나에게 빠따를 맞았다. 그 빠따가 너희들에게 육체적으로는 아무런 고통을 주지 않았지만, 하찮은 나에게 빠따를 맞았다는 수치심을 너희가 느낄 수 있다면 그 빠따는 육체의 아픔보다 너희의 자존심에 때린 빠따이기에 그 빠따의 가치는 충분하다고 생각한다. 앞으로 당당한 너희들의 자존심에 상처 주는 일은 더 이상 없었으면 좋겠다."

라고 하면서 그 일을 마무리한 일이 있었단다.

그 빠따가 빠따로 시작해서 빠따로 끝난다는 수경사에서 군 생활 폭군인 아빠의 단 한 번의 빠따이기도 하단다.

이렇듯 자존심은 각 개인, 마음의 얼굴이기에 어느 못생긴 얼굴이 있는 사람에게 계속 그것을 사용하게 되면 그 사람은 깊은 상처를 받을 수밖에 없단다.

우리 딸, JS야!
상대의 자존심에 상처를 주지 않는 것, 그곳에는 '배려'라는 아름다운 말이 꼭 필요하고, 그 '배려'는 너를 많은 사람들이 사랑하게 만들어 줄 것이다.

오늘, 이 아름다운 날씨와 싸워 이기는 하루가 되거라……^^*

2013년 8월 10일 오전 07:14

JS야,

옥상에는 물기가 가득한 걸 보니 방금 전 한줄기의 비가 다녀간 것 같구나.

밤새 악랄한 습한 열기 속에 헤매던 육체가 그런대로 기분이 Up되는 옥상의 아침이다.

어제 오랜만에 아빠의 오랜 지기이자, 이뻐 하는 한 여인을 만났단다.

그녀는 인테리어디자이너이며 커다란 건축공사의 인테리어 사업을 하는 여인으로 숱한 어려움을 겪으면서도 오랜 세월 그 사업을 하고 있는 진정한 커리어 우먼이기도 하단다.

그녀와 데이트를 하면서 아빠는 문뜩 '초지일관'이라는 아주 잘생긴 단어가 생각나는구나.

'초지일관!'
멋진 말이지.
사람과의 관계에서도, 사업이나 무슨 일을 함에도, 공부를 함에도, 그리고 우리가 살아감에 있어서도, '초지일관'은 우리를 어떤 어려움이나, 또는 어떠한 달콤한 유혹에서도 이길 수 있게 하여 준다.

또한, 그 '초지일관'은 사람을 무겁게 만들어 주어 그 사람의 인격과 행동의 가치를 높여 주기도 한단다.

그녀와 얘기하던 중, 그녀와 자녀 얘기를 하게 되었는데 그 옛날 그녀의 작은아들이 하도 개구쟁이 '꼴통'이어서 그때 그녀가 걱정을 하였는데, 당시 아빠가 그 '꼴통'은 절대로 걱정을 하지 않아도 된다고 얘기한 적이 있었단다.

헌데, 어제 고등학교 3학년이 된 그 녀석 얘기를 들으니 멋지게 자란 거 아니겠니!

어릴 때나 지금이나 '초지일관 꼴통'인 그 친구는 크게 될 것 같은 정확한 아빠의 느낌이……

걷기를 끝내고, 벤치대에 누워 역기를 들고 5번을 들어 올렸는데 갑자기 굵은 비가 쏟아지기 시작했단다.

허지만 약속한 한번 목표인 50번까지는 마쳐야 하기에….

그 숫자를 채우니 아빠 몸은 물에 빠진 '생쥐!'

그때, 문득 하나의 걱정이, '주머니의 담배가 다 젖었겠네.' 하는 생각에 담배를 꺼내 보니 겉은 젖었지만 다행히 알맹이는 살아 있었단다.

'휴~~ 다행이다…^^*'

JS야, 오늘 주말인데 무슨 계획 있니?"

덥다고 포기하지 말고 '초지일관' 계획대로 하는 것이 어떻겠니?

아빠가 '초지일관' 담배를 피우듯~~~~^^*

즐거운 주말 되거라….

2013년 8월 11일 오전 07:29

JS야,

일단, 오늘 아침의 옥상은 쾌청한 하늘에 상쾌하기까지 하구나.

어제는 하늘도 아빠처럼 뇌경색이 걸렸는지 하루 종일 어두컴컴, 번쩍번쩍, 우르르 쾅, 쫙쫙, 그리고 나중엔 예쁜 미소까지 그야말로 하늘에서 그릴수 있는 것은 모두 버라이어티하게 보여 준 하루였던 것 같구나.

어제 오후, 옥상에 올라 맑게 개인 하늘을 보고 있는데, 한 예쁜 젊은 아가씨가,

"안녕하세요? 아저씨, 담배 한 대 태우세요." 하며 약간은 익숙지 않은 모습으로 아빠에게 담배를 한 대 주는 거 아니겠니?

그래서 뜻밖에 말에 쳐다보니, 전에 옥상에 올라와 담배를 피우다 아빠가올라가니 아빠 눈치를 보면서 급하게 담배를 피우고 내려가려 하기에 아빠가 불러서 옆에 앉혀서,

"담배는 눈치를 보면서 피우는 것도, 또 그렇게 급하게 피우는 것도 아니란다. 천천히 무언가 생각하면서 피워야 진정한 담배 맛은 물론, 정신 건강에도 도움이 된단다."

그리고 나서,

"예전엔, 지금은 사회에 밀려 아쉽게도 사라진 우리나라만의 아름다운 것이 있었단다. 그것은 바로 담배 인심이었단다. 담배 살 돈도 귀한 어려운 시기였지만 어디서 담배를 피우려 하다가도 옆에 사람이 있으면, 담배 하

나 피우시겠어요? 하면서 모르는 사람에게 권하는 정겹고, 따뜻한 담배 인심이었단다. 그러니, 너도 담배 피우러 올라와서 아저씨가 있으면, 눈치 보지 말고 차라리 '아저씨 담배 한 대 태우세요.'하고 권해 보렴…. 나보고 할아버지라고 하지 않고 아저씨라 해서 고맙다."

하고 잠깐 동안이지만 웃으면서 얘기한 적이 있었던 아가씨였단다.

아빠는 웃으면서 담배를 받아,

"그래 아저씨 옆에 앉아 우리 같이 피자."

라고 얘기하니,

"아녜요, 저는 저기 가서 피울게요."

"괜찮아, 이리 와 내 옆에 앉아서 편하게 펴라." 하고 옆에 앉혀서 같이 담배를 피웠단다.

피우면서 아빠가,

"지금 우리 사회는 언젠가부터는 흡연자를 범죄자 취급을 하는 모순을 저지르고 있단다. 정부도 언론도, 그런 사회를 만들고 있고…. 그렇게 나쁘게 담배라면 마약을 범죄로 다루듯 담배도 아주 법으로 금지시키든지…. 방송도 담배는 폐암의 원인 운운하며 흡연자의 폐암 숫자를 방송하며 비흡연자의 폐암 환자 숫자는 방송 안 하고, 거리에서 담배 연기 냄새가 나면 무슨 독가스처럼 비흡연자는 얼굴을 찡그리고 다니는데, 그 사람들은 자기가 지금 걸어가는 도시의 차량 매연이 담배 연기의 수십 배, 아니 수백 배 나쁘다는 것은 생각지도 않고, 한심한 정부의 정책도 어느 나라에서 담배꽁초를 버리면, 또는 어디서 담배를 피우면 벌금 얼마를 부과한다 하니 또 금방 그와 같이 아니 그것보다 한술 더 떠서 그 정책을 시행하는 불쌍한 작태를 벌려 우리 대한민국을 소한민국으로 만들어 가고 있단다. 차라리 다른 모든 나라에서 그런 정책을 하더라도 우리나라는 담배를 피우는 국민들에게 담배꽁초는 버리지 말아 주시고 어디 어디에서는 비흡연자를 생각해서 담배 피우는 것을 자제해 달라고 계몽을 한다면 현명한 우리 국민들은 정부의 뜻에 충분이 따를 수 있는 국민들인데……, 그렇지?"

하니 그 어린 아가씨는 재미있는지 웃으면서,

"아저씨 말씀이 맞네요." 하기에

"그리고, 여자들이 담배를 피우는 것에 대하여서도, 왜 남녀평등 하면서 목소리를 높이면서 여성들의 흡연에 대하여서는 이상한 눈으로 보는지 그 것도 아저씨는 이해할 수 없단다. 남자들은 군대 가면 정부에서 담배를 매일 보급하면서…. 그것도 우리나라만의 이상한 '편견'이란다. 아저씨는 결혼 후 집사람이 담배를 피우지 못하게 하기에 '야, 담배가 얼마나 좋은지 아느냐?' 하고 담배를 가르쳐 그 후 몇 십 년 동안 데이트할 때나 공원에서나 둘이서 쿨하게 피웠단다."

라고 하니, 재미있어 하면서,

"저도 아저씨 같은 사람 만나서 결혼해야겠어요."

"나도 매우 유감이란다. 아저씨가 몇 십 년만 젊었으면 너에게 프로포즈할 텐데…. 허면, 담배를 안 가르쳐 줘도 되는데…ㅎㅎㅎ 다음에 우리 길에서 만나면 그때 편의점 앞에서 음료수 하나씩 사서 쿨하게 같이 피워 보자."

이렇게 둘이서 담배 2대를 연거푸 재미있게 피우고 헤어졌단다.

'요년!'

너 틀림없이 지금 '아빠, 놀구 있네.'라고 하였지.

그리고 내가 담배를 피우려 하면 태클을 거는 또 한 아줌씨도…….

'편견.'

이것은 사회생활을 함에 있어 때로는 자신에게 큰 마이너스를 초래하게 한단다.

설사 자신의 생각이 틀릴지라도 따뜻한 판단은 그것은 모든 사람들에게 만족을 줄 수도 있단다.

너, 지난번 아빠에게 올 때, 구름 과자 깜빡했다,

이번에는 잊지 말아라……^^*

행복이 가득한 휴일 보내거라…….

2013년 8월 12일 오전 07:20

JS야,

얼마 전까지만 해도 아침 해님이 이 시간이면 동쪽 하늘에서 올라오다 멀리 있는 건물 위에서 쉬고 있었는데, 이제는 그새 늙었다고 아직 건물 위로 올라오지도 못하고 누구 닮은 넓적한 얼굴로 끙끙대고 있구나.

오늘 말복이니 너희는 이제 죽었다, 하면서…….

오늘은 한 주가 시작하는 월요일,

아빠가 멋진 음악을 하나 선사할 테니 우선 유튜브에 들어가 영화 〈황야의 7인〉테마 음악을 들어보거라,

(영화 〈황야의 7인〉의 테마)

어떠냐?

그 음악은 옛날 한 서부영화의 테마란다.

7명의 서부의 사나이들이 넓은 황야를 달릴 때 나오는 그 음악!

아빠는 그 음악을 들으면 그 넓은 황야의 모습이 눈앞에 나타나며, 그에 따라 마음 또한 넓어지는 기분이란다.

그 음악을 들으면서 아빠는 나름대로 그 음악에 대하여 영화와는 다른 그림을 그린단다.

음악의 전반부는 나의 마음을 넓어지게 하는 것 같고, 중후반부는 그 넓은 마음으로 어려운 사람을 감싸 주는 상상, 그리고 마지막엔 그 어려운 사람과 함께 가는……^^*

'넓은 마음!'
그 말은, 어느 누구에게도 친근함과 가득한 사랑의 느낌을 주는 말이기도 하다.

마음이 넓은 사람은 누구나 좋아하고 누구에게나 가까이하고 싶은 마음을 갖게 하기도 한단다.
소위, 속이 좁다는 사람에게는 어떠한 일도 같이하기 싫고 어떠한 말도 하기 싫지만 마음이 넓은 사람에게는 아무 말이라도 하고 싶단다.
헌데, 그 간단한 말을 많은 사람들은 왜 자기 것으로 만들지 못하는지 아빠는 이해가 가지 않는단다.

JS야, 오늘 새로운 한 주가 시작되는 월요일!
비록 무당 굿하는 소리 같은 요즘 음악에 익숙해 있겠지만, 조용히 눈을 감고 이 음악을 다시 한번 들어 주려무나….

허면, 너의 마음도 조금 더 넓어지지 않을까 생각한단다.

오늘 말복이지만, 넓은 마음속에 어려운 주위 사람을 담는 한 주가 되거라…^^

2013년 8월 13일 오전 07:26

JS야,

오늘 해님은 아직 아침 식사 전일 텐데 무슨 힘이 남아도는지 아침부터 아빠의 눈을 강하게 때리고 있구나.

너희들, 오늘도 내 위력의 맛 좀 보거라! 하는 예고를 하는 것처럼…….

어제 아빠는 한심한 아빠의 모습을 보았단다.

며칠 전, 집에 에어컨이 고장이 났었는데 그때부터 이 더위가 그렇게 끔찍했단다.

하루 종일 땀이 흐르고 샤워를 하여도 그때뿐이고, 정말 이 며칠, 하루하루가 그렇게 힘들 수가 없었단다.

헌데 어젯밤, 갑자기 무언가가 아빠의 뒤통수를 때리는 거 아니겠니?

'내가, 이 무슨 바보 같은 생각을…….'

지난여름, 그 답답한 골방에서 몸은 고통의 통증 속에 제대로 씻지도 못하여 하루 종일 흐른 땀을 그대로 말리고 또 흘리고 그리고 말리고, 비교적 깔끔한 편인 아빠가 어쩔 수 없이 그 끈적거리는 몸으로 그대로 쓰러져 자고…

세수도 겨우 이삼 일에 한 번, 그러한 지옥 같은 여름을 난 아빠가 지금 며칠 에어컨이 고장 났다고 이렇게 힘들어한 것을 생각하면 아빠 자신이 부끄럽기만 하단다.

진작 지난여름을 생각했으면 전혀 힘들지 않았을 텐데….
그랬다면 비록 에어컨은 고장 났어도 지금은 천국인데…….

우리 옛말에 '젊어서 고생은 사서도 한다고…'라는 말이 있다.

우리 생활 속에 고생은 언제고 찾아올 수 있단다.
그 찾아오는 고생!
힘들게만 생각지 말고 생활 속의 약이라고 생각하면 어떻겠니!

아빠의 며칠 동안의 행동! 그것에 대하여 네가,
'멍청하고 바보 같은 아빠!'
이렇게 말해 준다면
아빠는 우리 JS에 대하여 전혀 걱정을 안 해도 된단다……^^*

어떤 사람들은 여름에 구름이 많이 끼면 '예쁜 날'이고 햇볕이 쨍쨍 비추면 '그지 같은 날'이라고 한단다.
오늘은 틀림없이 '그지 같은 날!'

그래도 마음은 가을을 미리 댕겨 보거라…^^*

2013년 8월 14일 오전 07:16

JS야,

오늘 아침도 눈을 뜨지 못할 정도의 강한 햇빛이 아빠를 겁주는구나.

어제 밤에 옥상에 올라오니 서쪽 높은 하늘엔 상현달로 변해 가는 통통하게 살찐 초승달과 모처럼 시원한 바람이 하루 종일 더위에 지친 아빠를 즐겁게 해 주었는데…….

어제 낮에 우리 건물 옆에 작은(작다기보단 쥐 씨알만 한) 공원이 있는데 그곳에서 잠깐 쉬는데 어떤 풍경이 아빠의 눈을 초청하는 거 아니겠니?

보니, 어린아이들 3명이 각각 스마트폰을 들고 무언가 몰두하고 있는 거야. 엄마들이 부르는데도 들은 체도 하지 않고…….

그것을 본 아빠는 또다시 한심한 이 사회에 대한 생각을 하게 되었단다.

하루 종일 스마트폰 속에 빠져 있는 저 어린이들이 크게 되면 머릿속엔 어떤 그리운 추억이 있을까?

JS야, 너는 어떤 추억이 있니?

추억이란 그저 지나간 일이 아니란다. 아름다운 추억이 많은 사람에겐, 미래에 대한 상상력도 높여 줄 수 있는 마음의 커다란 능력도 재산도 그만큼 많다고 생각한단다.

지나간 아름다운 그리움과 추억이 전혀 없다고 생각해 보아라. 조용히 혼자 있을 땐 그것도 외롭고 무서운 거란다.

어릴 적 개구쟁이였던 아빠는 수많은 그리운 추억이 많이 있단다.

그중 아주 끔찍한 2가지 추억을 들려줄게.

먼저, 아빠 5살 때의 얘기란다.

당시 할아버지가 아빠에게 예쁜 빨간 공과 당시엔 첨단인 외국서 가져온 장난감 기차인데 레일을 연결시키면 동그란 철도가 되고 그 위에 기차를 태엽을 감아 올려놓으면 기차가 레일 위로 달리는 귀한 장난감이었단다.

그래서 밖에 나가 놀 때도 그 장난감을 가지고 가서 놀았는데 아빠가 공 놀이하는 걸 보던 당시는 아주 많았던 거지 아이가 그것을 하고 싶었던 모양이어서 가지고 놀라고 공을 주었단다.

그리고 아빠는 쓰레기통(옛날엔 동네 곳곳에 시멘트로 만든 공동 쓰레기통이 있었는데 6.25 사변 이후 곳곳에 부서진 쓰레기통이 널려 있었어.) 위에 기차 장난감을 놓고 진흙 놀이(진흙을 물에 개어서 탱크니 자동차니 만드는 거)를 하고 있었는데 그 거지 아이가 또 기차를 하염없이 쳐다보는 거 아니겠니? 그래서 얘가 기차도 좋은가 보다 생각하고 그 기차도 "얘, 이것도 너 가져라." 하고 주어 버렸단다.

그리고 어떻게 되었겠니? 그 귀한 걸 거지 애에게 준 아빠는 할아버지에게 엄청난 야단을 맞을 수밖에 없었단다,

두 번째는, 그때는 초등학교 가기 전이니 6살 때로 기억한단다.

옆집에 예쁜 여자애가 있었는데 둘이 서로 친하게 놀았단다.

그러던 어느 날 그 여자애하고 작은방에 있는 이불보(당시는 장롱이라는 것이 없어서 할머니는 옷을 넣어 두는 대나무를 짜서 만든 '고리짝'이라는

것 위에 이불을 차곡차곡 쌓아 커다란 천에 가운데 예쁘게 손수 수를 놓아 그 천으로 이불을 덮어 놓은 것) 속에 둘이 들어가 둘이 뽀뽀를 하다 덜컥, 할머니에게 들켜 버린 거야. (이불보 속에 들어가 뽀뽀를 하면 안 들킬 줄 알았는데…) 그래서 또 엄청나게 할머니에게 혼나고…ㅎㅎㅎㅎㅎ

뭐?
크~~ 그 나이에 어떻게 뽀뽀 좋은 걸 알았냐구?

ㅎㅎㅎ 아빠가 좀 조숙했단다.
아빠 집 옆엔 극장이 있었단다.
지금의 필동에 있는 스카라극장이 옛날엔 수도극장이라고 하였단다. 헌데 그 극장 뒤편 담에 조그만 아빠가 겨우 들어갈 수 있는 개구멍만 한 구멍이 있었는데 그곳으로 들어가면 극장으로 몰래 들어가 영화도 볼 수 있었단다. (ㅎㅎ 그때부터 아빠는 싹수가 노란거지….) 그래서 그 여자애도 데려가 몰래 영화를 보고…. (어린 나이의 극장 데이트는 아마 기네스북 감….) 그러다 보니 자연히…ㅎㅎㅎㅎ

"아빠, 첫 뽀뽀 기분은 어땠어요?"
"응, 아주 황홀했고 좋았단다……ㅎㅎ"

여하튼 끔찍한 추억들이지만 이 나이에도 가끔 그러한 끔찍한 추억도 미소를 만들어 준단다.
그것은 또 자신도 모르는 사이에 풍부한 감정과 풍부한 꿈을 그릴 수 있는 능력도 만들어 준다고 아빠는 생각한단다.

스마트폰에 빠져 있는 요즘 아이들, 먼 훗날 걔들의 머릿속엔 어떤 추억이 있을까?

JS야,
너 혹시 어릴 적에 아빠 몰래 남자 친구와 뽀뽀한 일은 없었니……?
ㅎㅎ 아빠 딸이니 혹시나 해서…….

아름다운 그리움을 그려 보는 오늘을 만들어 보렴….

2013년 8월 15일 오전 07:17

JS야,

오늘 아침, 동쪽 하늘엔 짙은 뭉게구름 위로 밝은 빛이 사방으로 퍼져 있구나.

그러면서도 역기대에 누운 아빠의 눈 정면에는 하얀 솜털 구름이 포근한 기분을 던지고….

또, 역기대를 에워싸고 있는 4개의 렌지 후드 배출구에서는 그 옛날 할머니가 끓여 주시던 것과 같은 구수한 된장찌개 끓이는 냄새가 정겨움을 주는구나.

어젯밤, 정말 오랜만에 듣는 목소리를 들었단다.

그 옛날, 아빠가 제일 싫어하면서도 미워할 수 없던 놈의 목소리를….

"아빠가 아침부터 헛갈리는 말을 한다구……ㅎㅎㅎ?"

그놈은 예전, 아빠 동생들 중 한 명이었는데, 전형적인, 아니 결사적으로 '달면 삼키고, 쓰면 뱉는 놈이었어.' 아빠는 그런 인간들은 제일 싫어했지.

그래서 그 동생은 아빠한테 엄청 혼도 많이 나고 미움도 많이 받았는데, 그래서 아빠가 대놓고 "야, 이 ××야 넌 내가 그렇게 싫어하는데 왜 내 앞에서 안 꺼지냐?"라고 하면 아예 노골적으로 "형님한테는 단맛도 쓴맛도 나지 않아서 안 떠나요." 하면서 능글거리며 얘기하기도 하는 놈이기에 미워할 수도 없었단다.

어제, 그 동생 전화를 받고 아빠가,

"야, 임마, 이제는 네놈 혓바닥에서 단맛 나는 미각을 좀 없앴냐?" 하고 물으니 "아뇨, 아직도 제 미각은 최고예요." 하기에 둘이 한참을 웃었단다.

'달면 삼키고 쓰면 뱉는다.'

이제 지금 사회에서 흔하게 볼 수 있는 역겨운 광경이며 상황이다.

모두가 당연한 걸로 생각하면서…….

언젠가 아빠가 태권도 고단자인 우리 막내에게, 위의 말하고는 조금 다르지만…,

"YJ야, 너 학교에서 너를 따르는 아이들보다, 걔들로부터 왕따당하는 아이들을 더 소중하게 대하여 주거라."라고 말한 적이 있는데, 쓴 사람들을 따뜻하게 대하여 주면 그 사람은 점점 '단' 사람이 되고 그 단맛은 언젠가 너에게 돌아온단다.

그 옛날 아빠는 모든 사람이 싫어하고 무서워하던 문둥이 '나병환자'들을 따뜻하게 도왔기에 할아버지의 난공사 때 그들에게 도움을 받을 수 있었고, 모든 사람들이 천대하던 시골 머슴에게서는 농촌의 따뜻한 인정과 시골과 자연의 소중함을 배울 수 있었단다.

그 동생 녀석,

"형님 한번 뵙죠."

하기에,

"나 지금 엄청 쓰기에 조금 있다 달게 되면 그때 보자."

하고 반가운 전화를 끊었단다.

음식도 골고루 먹어야 되듯이 사람도 모두 소중하다는 것을 잊지 말아라.
그러면 모든 사람들은 네 곁에 머물 것이란다.

오늘은 광복절, 당연시되어 버린 사회의 모순에서 해방되는 오늘이 되거
라……^^*

2013년 8월 16일 오전 07:57

JS야,

오늘 옥상의 아침은 살랑살랑 부는 바람이 아빠의 기분을 즐겁게 하는구나.

그리고 역기대에 누워 보는 하늘엔, 높고 넓은 하늘엔 잔잔한 새털구름이 우아하게 보이고, 그 아래론 한 무리의 작고 새하얀 솜털 구름이 동쪽 하늘로 조용히 흘러가더니 또 곧이어 작은 뭉게구름도 동쪽으로 가는구나. 그놈들도 더워서 아마 강원도 쪽으로 피서를 떠나는 것 같구나.

어제, 아빠 집 무척 더웠지?

그래도 우리 딸과 간만에 햄버거를 시켜 먹으면서 OCN의 〈쥬라기 공원〉을 보느라 즐거웠단다.

에어컨이 고장 나 그 무더위를 꼼짝없이 안고 있는 판국에 보일러란 놈도 지도 무슨 첨단이 좋은지 켜지도 않은 보일러가 자동으로 켜져 방바닥까지 뜨거워지는 바람에 그야말로 '엎친 데 덮친 격'의 최악의 상황을 만나고 말았구나.

'엎친 데 덮친 격.'

우리가 살아가면서 이러한 상황은 수없이 만나게 된단다.

그 상황은 최악의 상황이기도 하지.

그러기에 많은 사람들은 그런 상황을 만나게 되면 대부분 당황하게 되고 따라서 많은 마음고생도 따르게 된단다.

허지만 침착한 대처는 '엎친 데 덮친 격'의 상황을 '전화위복'으로 만들어 주기도 한단다.
억지로 만들기도 힘든 '전화위복'의 기회!
그것은 '엎친 데 덮친 격'의 최악의 상황에서 우리의 지혜가 만들어 준단다.

아빠는 이 절호의 '엎친 데 덮친 격' 상황을 어떻게 '전화위복'을 만들어 볼까?

JS야, 차라리 아빠 골치 아픈데, 너 태국으로 떠나는 이번 피서에 아빠 좀 데려가면 안 되겠니…? ㅎㅎㅎㅎㅎㅎ ^^*

오늘, 혹 안 좋은 일이 있더라도, 그것을 기회로 만드는 지혜가 있는 아빠 딸이 되거라……^^*

2013년 8월 17일 오전 07:12

JS야,

오늘 아침 옥상 하늘은 대체로 어두운 편이구나.
높은 하얀 구름 아래로 수없이 많은 짙은 잿빛의 작은 구름들이 중국의 광주인가 항주인가에서 본 천도호(천 개의 섬이 있는 엄청나게 큰 호수)를 보는 것 같구나.

어제 아빠는 또 한 번 공포를 맛보아야 했단다.
그동안 사라진 줄 알았던 이마트 바닥이 튼튼한가, 아빠의 머리가 튼튼한가 시험한 사건, 선풍기를 산산이 부서트린 사건, 그리고 기타 등등의 사건을 만든 아빠 몸을 전혀 제어할 수 없는 증상이 또 발생했단다. 순간적으로 일어난 그 공포의 증상, 다행이 의자 등이 있어 아무 곳도 깨지지 않았지만……

그래서 오늘 아침 옥상에 오른 아빠의 몸이 다른 날과는 전혀 다르구나.
걸을 때 드는 오른발의 무게는 천근만근이고 하여 오늘 역기는 들지 말까? 하다가
'아니야, 내 마음과의 약속인데, 들어야지!' 하고 누워서 이를 악물고 들다가 또다시 오른쪽이 역기의 무게를 이기지 못하고 내려오면서 또 오른손이 역기 받침대의 쇳덩어리에 찍고 말았구나. '불쌍한 오른손의 두 번째 손가락은 또다시 엄청난 통증이……'
그래 슬슬 오기가 발생한 아빠는,

'그래, 오늘은 100개를 더 들 거야!' 하고 이를 악물고 평소보다 100개 더 들어 400개를 마치자 그때서야 좀 기분이 좋아지는구나….

그래도 불쌍한 오른손의 통증은 없어지지 않았지만….

어제 드디어 새 에어컨이 달렸단다.

에어컨이 달려서도 기분 좋았지만 에어컨을 설치하러 온 기사가 그 더운 중에서도 명랑하고 기분 좋게 일하여 준 것이 너무 고마웠단다….

그래서 작업이 끝났을 때, 어제 아빠의 이쁜 요구르트 아줌마에게 그동안 수시로 집어 마시고 또 우체부나 아는 교회 아줌씨들에게 수시로 나눠 준 요구르트값이 제법 될 것 같아 주려고 찾아 놓은 돈을 그 기분 좋은 기사에게 주었단다.

뭐?

'멍청한 아빠, 자기도 거지면서 그 돈을 왜 주었냐고?'

'ㅋㅋㅋ 요구르트 아줌씨는 또 만날 수 있지만 그 친절한 기사는 다시는 만날 수 없는 사람이잖니…!'

지금 창밖엔 짙은 회색 구름 사이로 강한 햇살이 비추는구나…….

우리 딸, 오늘도 즐거운 주말 되거라……^^*

2013년 8월 18일 오전 07:56

JS야,

오늘 아침은 약간 흐린 것 같으면서도 하늘은 높기만 하구나.

역기를 드는 아빠의 후각에 어디선가 네가 아빠에게 자주 만들어 주던 친근한 카레 냄새가 솔솔 들어오는구나.

'이른 아침인데……'

오늘 우리 딸이 피서를 떠나는 날이구나….

네가 피서를 떠나니, 예전에 너와 함께 일본으로 피서 갔던 일이 생각나는구나.

복잡한 것을 싫어하는 아빠는 일본을 가도 공항에서 10분 정도의 거리에 있는 '나리타'시가 제일 좋단다.

공항에서 잠깐이고, 조용하고 깨끗한 도시, 그리고 도시 안에 있는 '신쇼이지' 절은 크기도 크지만 깨끗한 정원을 보면 일본을 보는 것 같단다.

그리고 하루 종일 다녀야 되는 엄청난 크기의 쇼핑몰, '자스코…'

그리고 깔끔한 초밥, 조그만 도시지만 번거롭지 않게 잠깐 다녀올 수 있는 곳이기에 좋아한단다.

아! 너도 아빠와 같이 나리타시에 갔다 온 적이 있구나….

기억나니, 너 중학교 땐가?

여하튼 매일매일 야근하느라 시달린 몸이니 모처럼 가는 피서, 즐겁게 보내거라.

그리고 아빠가 당부할 것이 있다.

'가서, 절대로 비키니는 입지 말거라. K—pop 걸그룹들이 높여 준 우리나라 여성의 위상이 무너질 수도 있으니……ㅋㅋㅋㅋㅋ'

어제 역기를 400개 들었으니 오늘 간사하게 도로 300개로 내려가면 안 되겠지! 불평하면 아빠의 마음이 그럼 오늘은 500개다, 하면 골치 아프니깐!

치사해서 오늘 600개를 들고 아침 운동을 마쳤단다.

즐겁고 행복한 여행 다녀오거라.

2013년 8월 19일 오전 07:11

JS야,

이곳의 오늘 아침 옥상에 비가 다녀간 것 같구나.
바닥도 촉촉이 젖어 있고 벤치마다 물을 아직까지 잔뜩 간직하고 있는 걸
보니…….

태국의 관광, 재미있니?

관광!
하니 생각나는 것이 있구나.
지금은 많이 없어진 것 같지만, 얼마 전까지만 해도 우리나라 사람들은
관광이 아니라 '과시'하러 관광을 다니는 것 같았단다.

당시만 해도 소득이 낮았던 동남아를 다니면서 그곳 사람들에게는 입이
딱 벌어질 정도의 현금을 마구 뿌리면서…….

'과시.'
정말 역겨운 말이다.

헌데 그 역겨운 말을 너도나도 우리 사회는 결사적으로 사랑하고 있구나.
높은 놈들은, 높은 놈들대로, 지성인은 지성인들대로, 서민들은 서민들대

로 명품을 갖고 싶어 짝퉁이라도 들고 '과시'하고 싶어 하고, 심지어는 건달 놈들까지 이 더운 여름에도 정장을 입고 한심한 동생 놈들을 줄줄이 거느리며 위세를 과시하고….

그런 것을 본 사람들은 또, 한심하고 역겨운 그것을 멋있어하고….

그러한 '과시'는 사람뿐이 아니란다,

아빠의 50대 초반, 아빠가 약속이 있어 아빠가 자주 가는 강남의 R 호텔에 아빠의 고물 에스페로를 몰고 가서 마침 줄줄이 서 있는 벤츠니 BMW 사이에 빈 공간이 있어 아빠 차를 대려고 했더니 현관 Guide가 쫓아와서 그놈도 자기 위치를 과시하면서 대지를 못하게 하는 거 아니겠니?

그래서 이쁜 아빠 성격에 어떻게 되었겠니?

호텔에서 난리가 나고 담당 부장이 나오고 한바탕 소동이 일자 아빠를 알아본 호텔의 한 높은 친구 덕분으로 사과를 받고 끝냈지만, 이렇게 자동차까지 과시를 하는 세상이 되었단다.

이러한 '과시'의 사회 속에서 과연 우리나라는 어떻게 변해 갈까?

타인에게 눈으로 보여 주는 과시보다 마음으로 느끼게 하는 과시라는 말이 필요하지 않을까 생각한단다.

언젠가 하와이 해변에서… 모두들 건강한 피부들을 자랑하고 있는데, 넓은 차양의 모자에 선글라스, 그리고 루주 등 짙은 화장!

어느 나라 사람이었을까?

하와이의 코발트색 하늘도 '놀구 있네!' 하는 것 같아 아빠도 지나가면서 '놀구 있네.'라고 한마디 하였단다….

먼 이국땅에서 갑자기 한국의 멋진 말을 들어서 아마 무척이나 반가웠겠지?

우리 진상, 오늘도 순수한 아름다움이 있는 즐거운 관광 되거라……^^*

2013년 8월 20일 오전 07:19

JS야,

오늘도 이곳엔 아침부터 강한 햇살이 비추고 있구나.

오늘도 막바지 여름이 발악을 할 것 같은 예감이 드는구나. 높고 넓은 엷은 푸른색 캔버스 아래로 새하얀 새털구름이 다양한 수채화를 그리며 지나고 있구나.

즐겁니?

여행의 목적은 그저 즐거운 것도 있지만 새로운 것을 가슴에 담는 것도 그 여행을 행복하게 한단다.

아빠는 수많은 여행 중 가장 인상에 남는 곳은 중국의 하얼빈이었단다.

10여 년 전 하얼빈은 중국의 북방이면서 개발 초기였기에 전체적으로 우중충하였는데, 초라한 안중근 의사의 기념관이 가슴 아프게 하는가 하면 일제의 그 악명 높은 731부대가 섬찟함을 주어 더욱 음산함을 주기도 했지만 백두산 천지의 물을 담고 있는 송화강 변과 그 인근의 예전 번화가가 인상이 깊었단다.

러시아풍의 건축의 백화점 등 상가와 자동차가 없는 거리인 중앙 대로가 인상적이었는데 특히 아빠는 다른 사람들은 그저 무심히 지나는 그 보도가 인상이 깊었단다. 보도 위에서 보는 돌은 우리나라의 보도블록과 같은 정확한 반듯한 맛은 없지만, 투박한 그러면서도 거의 일정한 크기의 그 보도의 돌은 깊이가 20㎝에서 30㎝ 정도나 되는 그 하나하나가 마치 작은 바위를 연상시켰단다.

그러한 돌 수만 개가 만들어 놓은 그 보도의 경이로움은 한 발 한 발 디딜 때마다 소중한 느낌을 받았단다. 마치 만리장성의 장관 이상의…….

또한 하얼빈의 인상 중 당시 여름이었는데 거리엔 상의를 완전히 벗고 다니는 사람들이 많아 일행들의 눈살을 찌푸리게 하였는데 아빠는 오히려 우리나라의 그 옛날을 보는 것 같아 정겹기만 하였단다.

이렇게 여행이란 보는 사람의 관점에 따라 느낌이 달라질 수도 있단다.

그것은 비단 여행에서의 느낌만은 아닐 것이다.

사람을 판단함에도 생각하는 관점에 따라 서로가 다르단다.

여행에도 남들이 무심히 보는 곳에 그곳의 소중함을 찾을 수 있듯이 소중한 것을 드러내지 않고 있는 사람도 많이 있다는 것을 명심하거라…….

'요년.'

너 지금 '아빠는 짖어라…, 야~~ 이게 뭐지? 엄청 맛있네……ㅋㅋㅋㅋㅋ'

오늘도 소중함이 가득한 여행 되거라…….

2013년 8월 21일 오전 07:26

JS야,

오늘 아침 옥상 하늘에서 정말 아름다운 광경을 볼 수 있었단다.

진한 회색의 커다란 구름 위에 있는 해님이 그 넓은 회색의 구름 가장자리 사방으로 황금빛의 아름다운 빛을 뿌리는 경이롭기까지 한 장관을 연출하고 있구나.

문득, 그 옛날 어느 여행이 생각났단다.

아빠 어린 낭인의 시절, 혼자만의 자연 속의 여행을 즐기는 아빠가 어느 산속에 있는 넓은 벌판에 밝은 태양을 바라보며 누워 있는데, 아빠의 가장 사랑하는 친구인 내셔널 트랜지스터라디오에서 아빠가 처음 듣는 아름다운 음악이 흘러나오는 것 아니겠니.

그래서 눈을 감고 듣노라니 넓은 자연 속 벌판에 누워서 듣는 그 음악이 정말 그렇게 좋을 수가 없더구나.

음악이 끝나고 아쉬움 속에 다음에 이 음악을 원 없이 들어야지 생각하고 마지막에 아나운서가 한 말 중, '마스카니'란 말과 '간주곡'이란 말을 들었는데, 여행이 끝나고 서울로 돌아와 또다시 바쁜 생활 속에 그 생각을 잊고 있었는데, 다시 여행을 떠나려고 할 때, 문득 그 생각이 떠오른 것이 아니겠니.

그래서 당시 라디오 속에서 잠깐들은 '마스카니와 간주곡'이란 말을 기억하고 레코드점에 가서 기억한 말을 얘기하니 친절한 레코드점 아저씨가 그 음악 판을 찾아 주어 들었는데 그렇게 반가울 수가 없었단다.

음악의 제목은 몰랐지만 다행히 '마스카니'란 작곡가의 음악이 이 음악밖에 없는 것 같아 쉽게 찾을 수가 있었단다.

그래서 그 여행엔 전에 결심한 대로 그 레코드판과 야전(휴대용 전축)을 들고 여행을 떠났단다.

그 야전과 레코드판이 동행한 여행이 조금은 불편했지만 햇볕 쏟아지는 자연 속 넓은 벌판에 누워서 이 음악을 들었던 기억은 아빠의 지금까지의 그 어떤 여행보다 아름답고 또 추억 속에 남는 여행이었단다.

그 아름다운 음악 때문에 차마 토끼는 못 잡고 오징어 다리로 소주를 마셨지만……ㅎㅎㅎㅎㅎ

그런데 그 아름다운 음악이 지금 흘러나오는 '마스카니의 〈카발레리아 루스티카나〉 중 간주곡이며 음악의 제목은 우리말로, (햇빛 쏟아지는 벌판)이란다.' 또, '그 음악의 전주곡도 아름다운데, 그 음악이 바로 유명한 (오렌지 향기는 바람에 날리고) 란다.'

이렇게 우리의 생활 속에서 자기의 생각과 결심만으로도 아름다움을 만들 수 있는 것은 얼마든지 있단다. 물질이 들어가는 것은 사치와 향락밖에 만들 수 없지만 자신의 생각이 들어가는 것엔 아름다운 음악만으로도 최고의 추억을 만들 수도 있단다.

공항에 도착해서 면세점에 가 보거라.

그러면 아빠의 구름 과자가 보인단다…. 그것도 무거운 세금 없이 아주

가볍게….

　그것도 생활의 지혜가 아니겠니……? 히히히히…….

　오늘도 즐거운 여행 되거라….

2013년 8월 22일 오전 07:36

JS야,

오늘 아침, 위대한 자연의 하늘은 또다시 새로운 작품을 그리고 있구나.
구름이 조금 많은 듯한 동쪽 하늘 위엔, 시커먼 구름과 그 구름 가로 번지는 황금빛의 눈부신 광채, 서쪽 하늘엔, 어젯밤 아빠가 자리에 누웠을 때 아빠의 누운 모습을 빤히 쳐다보던 둥근 보름달이 아직도 들어가지 않고 아빠를 쳐다보고 있구나….
'아빠가, 그렇게 좋은가? ㅎㅎㅎ'

오늘은 걸음마 연습을 하면서 아빠의 역기가 있는 곳 입구를 쳐다볼 때마다 무슨 지옥문을 쳐다보는 기분이란다.
'내가 어제 미친 짓을 했구나!' 하는 후회가 멍청한 아빠를 때린단다.

처음엔 한 번에 50개씩, 6번하여 300개를 들면 마쳤는데, 어제는 미련하게 이를 악물고 한 번에 120개씩 들어 720개를 하였으니 한번 올라가면 절대로 내려갈 수 없는 아빠의 성격이 이제는 그 숫자 이상을 하여야 되니….
'으이그 내가 미친놈이지….'

걸음마 운동을 마쳤을 때, 마침 아침마다 올라와서 담배를 피우는 아저씨가 있어 오늘은 아빠도 그 아저씨와 잠깐 이야기를 하면서 담배를 한 대 피웠단다.

그런 다음 지옥문으로 들어가 누워서 역기를 들려고 하니 역기를 도저히 올릴 수가 없는 거 아니겠니!

그래서 이를 악물고 올렸다가 그만 오른쪽 팔에 힘이 풀리면서 역기를 가슴 위로 내려트리고 말았단다. 오른쪽 가슴을 사정없이 때리면서…….

'왜, 이러지? 담배를 피워서 그런가?' 하고 생각한 아빠는 누운 채 잠깐을 쉬고 다시 도전했단다.

그래서 힘들게 들어 올려 100개를 했을 때 또 힘이 빠지면서 오른손가락을 역기대에 찍고 말았구나…. '지난번 상처가 다 나아지고 있었는데…쯔쯔쯔'

할 수 없이 다시 30개를 마친 뒤 누워서 잠깐 쉰 뒤 다시 시작하여 이번엔 130개를 들어 올렸단다. 이래서 한번 누우면 들어 올려야 되는 새로운 기록의 목표인 240개를 넘어 260개를 들고 일어났단다.

그리고 두 번째엔, 130개와 140개를 들어 270개, 마지막 세 번째엔 140개를 먼저 들어 이제 목표까진 50개만 들면 끝이란다.

'크~~ 행복한 이 순간! ㅎㅎㅎ ^^*'

그래서 마지막에 50개를 들면서, 지금부터 드는 건 기록이 아니란다.

속으로 아빠의 마음에게 얘기하면서 100개를 들고 아침 운동을 마쳤단다….

'아빠, 이것도 혹 심각한 결벽증 아닌가?' ㅎㅎㅎㅎ

허지만 사람이 살면서 목표를 세우고 그 목표를 세우는 것은 자기 자신과의 약속이기도 하기에 항상 자신의 마음과 대화하면서 그 목표를 이루기 위하여 간다는 것!

이것도 살아감에 있어 중요한 한 방법이 될 수 있지 않겠니?

비록, 그 지옥문이 매일 공포스럽겠지만······ㅎㅎㅎㅎㅎ

오늘 귀국하니?

행복하고 즐거웠던 여정, 비행기에 함께 태우고 오너라······^^*

2013년 8월 24일 오전 07:31

JS야,

이제는 아침에 태양이란 놈이 게을러진 것을 확실하게 느낄 수가 있구나.

어제는 인터넷이라는 놈이 병이 나는 바람에 우리 딸을 만날 수 없을 것으로 생각했는데, 대신 우리 딸이 공항에 도착하자마자 "아빠!" 하고 부르는 바람에 반가웠단다.

그제 저녁, 인터넷이 누워 있는 바람에 오랜만에 TV를 보았단다.

그리고 어떤 프로에선가 '집단따돌림'이란 말을 들었단다.

그 말은 요즘 흔히 쓰는 말인 '왕따'라는 말이겠지.

'왕따!'

우리 딸은 성격이 좋아서 '왕따'당하는 일은 없었겠지.

허지만 '왕따'를 당하지 않는 것은 좋지만, 자신이 누구를 '왕따'시키는 일에 참여하거나, 또는 '왕따'당하는 것을 모른 체하는 것, 이것은 정말 있어서는 안 될 일이란다.

아빠가 군대서 제대하고 낭인 생활을 접고 무엇이든지 배우려던 시절, 한번은 아빠가 꼭 가서 듣고 싶은 화학 분야의 1주일 학문 캠프가 있어서 아는 교수님에게 부탁하여 참석하게 되었단다.

30여 명의 캠프인데, 첫날 각자가 자기소개를 하는데 모두 명문 대학 졸업에 대학원 졸업, 그리고 대기업의 유능한 직원들이었단다.

허지만 아빠는 그저 간단하게 '중학교 졸업'이라고만 말하고 내려왔단다. (사실, 아빠는 자기들보다 갑절은 대학 강의를 더 들었는데…. 무슨 얘기냐고? 아빠는 대학은 가지 않았지만 듣고 싶은 강의가 있으면 어느 대학이건, 그리고 언제라도 가서 들었단다. 까다로운 대학은 목사 놈(크~~ 목사님을 욕한다고? 아니, 목사는 당시 그 대학에서 주먹이 가장 센 놈을 목사라 했단다. 절대 오해는 말거라)의 도움을 받아서 듣곤 하였단다.

그렇게 아빠가 간단하게 아빠 소개를 하자 그 첫날부터 아빠는 왕따를 당하기 시작했단다. 자기들끼리 아빠를 보고 수군대고, 심지어는 조별로 나누어 하는 식판 닦는 일, 청소 모든 것도 우리 조 놈들은 손 하나 까딱 않고 아빠에게만 시키는 거 아니겠니.

그래 아빠는 이틀 동안 묵묵히 혼자 하다가 3일째 되는 날은 우리 조의 저녁 식사 후 그릇 닦는 차례 때, 혼자서 다라에 처음 식판을 닦은 구정물을 일도 않고 노닥거리고 있는 놈들에 들고 가 쫙 뿌려 버렸지.
그 구정물을 뒤집어 쓴 놈들은 어찌 되었겠니!
모두들 화가 나서 떠드는 놈들에게 아빠가,
"야, 개자식들아! 네놈들은 이곳에 와서 학문을 논하기 전에 사람의 기본부터 배우고 와라!"
하고 다라를 내동이 치고 나와 버렸지.
그다음부터는 '중졸'짜리 왕따에서 '두려운 왕따'가 되었지만….

우리 딸!
이 사회에 필요 없이 남의 말을 하고, 그리고 '따돌림' 하고 하는 일이 너무나도 많단다.

왕따당한 사람의 아픈 마음을 헤아릴 줄 알고, 설사 누가 싫고 못마땅하더라도, 때로는 끈기 있게 그 누구를 자기 사람으로 만드는 것도 인간의 기본이자 이 사회를 살아가는 지혜가 아니겠니?

피서도 다녀오면 즐거움보다 힘이 드는 것인데, 오늘 주말 충분한 휴식 시간 가지거라…….

'아빠가 사랑하는 우리 진상!'

2013년 8월 25일 오전 07:53

JS야,

오늘 아침,

맑은 하늘 위엔 오늘도 각양각색의 구름이 아름답게 하늘에 수를 놓고 있구나.

오늘 휴일이라고 다양한 구름들도 야외로 나가는지 바삐들 움직이면서 하늘을 다양한 모습으로 변화시키고 있구나.

이제 옥상의 아침엔 제법 시원한 바람도 아빠를 즐겁게 하는구나.

오늘 아침, 몸 컨디션이 너무 좋지 않아 간만에 혈압과 혈당을 체크했더니, 너무 끔찍.

혈압은 135에 85, 공복혈당은 245.

휴, 아찔하기만.

그래서 옥상에 올라가서도 걸음이 소주 10병 마신 사람과 같은 걸음이 나오는구나.

그래도 악착같이 만보계가 3,000을 가리킬 때까지 힘든 걸음을 계속한 뒤, 어제 혼신의 힘을 다해 840개의 신기록을 달성하고 끔찍해 보이기만 한 역기대에 도살장으로 끌려가는 소의 심정으로 닦아 갔단다.

불과 20여 일 전 역기를 처음 시작할 땐 한 번에 50개씩 드는 것도 몇 번씩 쉬면서 들어 올렸는데…….

840개면 한번에 140개씩 들어야 했기에 들고 나서 기적 같기만 하였는데······.

오늘, 몸의 컨디션이 좋지 않은 아빠는 지옥문에 들어가서 또다시 비장한 결심을 하였단다.

'그래, 오늘은 900개다. 지가 안 되면 머리통 혈관이 터져 죽기밖에 더하겠냐!'

비장한 각오로 역기대에 누웠단다.

그리고 눈을 감은 뒤, 〈삼손과 데릴라〉라는 영화에서 마지막에 데릴라의 꾐에 빠져 힘의 원천인 머리칼을 잘린 삼손이 돌기둥 사이에 양손을 대고,

"주님, 저에게 힘을 주십시오." 하고 기도한 뒤 양 기둥에 힘을 주어 건물을 부셔 악당을 응징한 것처럼 아빠도,

'주님 제가 이 목표를 달성할 수 있도록 도와주세요.'라고 기도를 한 뒤 가장 힘든 첫 번째 도전을 시작했단다.

900개를 들려면 한 번에 150개씩, 6번, 간신히 첫 번째 150개를 마치고, 두 번째, 세 번째, 네 번째는 비교적 쉽게 끝났는데, 다섯 번째는 누워서 자세를 지탱하고 있는 오른쪽 다리에 60개쯤 들었을 무렵부터 쥐가 나기 시작했단다. 아빠의 뇌경색은 오른쪽으로 왔기 때문에 오른손에 힘이 들어가면 오른쪽 다리도 자연히 힘이 들어간단다. 그래서 뇌경색 환자들이 걸을 때 다리에 힘이 들어가기에 자연히 팔도 위로 올려지며 걷게 된단다. (그러기에 아빠는 걸을 때, 팔을 내리고 걸으려고 애쓰지만.)

이를 악물고 오른쪽 다리에 쥐 가나는 통증을 참고 150개를 마친 아빠는 누워서 잠깐 쉰 뒤 이제 마지막 150개에 도전했단다. 헌데 이번에는 50개쯤부터 쥐가 나기 시작하더니 100개를 할 무렵부터는 통증과 함께, 오른쪽 종

아리가 팽팽해지면서 곧 터질 것만 같은 상태가 되는구나.

공포와 고통이 동시에 밀려오고 오른쪽 눈 위의 관자놀이도 팽팽해지는 기분이었지만 혼신의 힘을 다해 150개를 마친 뒤, '주님, 감사합니다.'

하고 일어나 다리를 주무르며 승리의 기분을 즐겼단다.

그러면서, '다음은 1,000개다.' 하고 결심하면서…….

아빠가 평생 가슴에 담고 있는 말 1

"불가능이란 없다."라는 나폴레옹의 명언, 오늘도 증명한 것 같구나.

오늘은 그동안 아빠의 가슴을 무겁게 한, 법원에 제출할 준비서면 작성, 다기능 리모컨 특허의 의견서 작성, 홈페이지 Text 작성, 전국 단위조합에 보낼 공문 작성 등의 일을 일사천리로 해나 갈 수 있는 느낌이 오는구나.

우리 딸, 어려운 일이 생기더라도 자신 있게 헤쳐 나갈 수 있는 오늘이 되거라…….

즐거운 휴일과 함께……^^*

2013년 8월 26일 오전 07:29

JS야,

오늘 아침, 구름 한 점 없이 맑은 하늘에 저 높이 떠 있는 하현달이 외롭게 보이기까지 하는구나.

오늘은 그 상쾌한 바람도 불지 않는 것을 보면 꽤나 무더울 것 같은 생각이 드는구나.

요즘 TV에는 너도 킥킥대며 즐기는 연예 오락 프로 투성이구나….

게다가 어린아이들까지 성인들 노래와 흉내!

그것을 보고 어른들은 그 어린이를 보고 끼가 있느니 천재니 하면서 놀구들 있고…….

아빠는 우리나라의 먼 훗날이 걱정된단다.

KBS라는 공영방송까지 어린이들에게 꿈을 심어 주고 동심을 아름답게 하여 줄 수 있는 프로는 전혀 없는 것 같구나.

가장 중요한 문제인데….

아빠가 국민학교, 아! 지금은 초등학교지. 3학년 때의 일이란다.

그때는 TV는 없었고 라디오방송뿐이었는데 라디오도 귀하여 많은 가정은 유선으로 연결된 스피커뿐인 앰프라는 것을 설치하고 들었던 시기란다.

당시 KBS의 '꽃과 같이 곱게~~'라는 어린이 왈츠를 시그널 뮤직으로 시작하는 어린이 프로인 〈누가누가 잘하나〉라는 프로가 있는데, 그 방송은 공개방송으로 진행되어 많은 어린이들이 KBS홀에 가서 직접 참여도 할 수 있는 프로였단다.

당시 KBS 공개홀은 지금의 시청 건물 안 왼쪽 편에 있었단다.

그 프로에는 '동요의 노래 가사 바꿔 부르기' 그리고 '꾀돌이 문답' 등의 프로가 있었는데, 어느 날 아빠가 그곳에 가서 '노래 가사 바꿔 부르기'에 무대에 오르게 되었단다.

당시 사회는 우리나라의 원로 여성 아나운서인 '강영숙' 아나운서님이었는데 목소리가 은방울 굴러가듯 맑고 밝은 분이라서 어린 아빠였지만 좋아하던 분이셨단다.

그때, 노래는 〈이슬비〉 노래를 즉석에서 가사를 바꿔 부르는 것인데, 무대에 올라간 아빠는 처음에 그만 실수를 한 거 아니겠니!

그러자 '강영숙' 아나운서는 실수한 아빠가 안타까우셨던지 다시 한번 더 기회를 주셨단다,

그런데 아빠는 또 실수를…….

그러자 '강영숙' 아나운서는 아빠에게 또다시 기회를 주셨단다.

그러나 아빠는 또 실패를 했단다.

세 번째도 실패를 하자 '강영숙' 아나운서는 웃으면서 "그래도 잘했어요."라고 말씀해 주셨는데….

당시 아빠는 얼마나 부끄러웠는지….

더욱이 아빠가 좋아했던 아나운서님 앞에서 망신을 당한 것이……ㅎㅎㅎㅎㅎ

그 부끄러운 것은 한동안 아빠를 괴롭혔지만 세월이 지난 지금, 그것도 어릴 적의 아름답고 소중한 추억이란다.

허지만 지금 이 시대, TV라는 대중적 훌륭한 매체가 있음에도 꿈을 키워

주어야 할 어린이들이 참여하고 즐길 수 있는 프로는 전혀 없다는 것이 안타깝기만 하단다.

우리 딸!
너는 어릴 적 생각나는 무슨 추억이 있니?
크~~ 맛있게 후라이드 치킨 먹던 기억밖에 없겠지!

역기를 끝내고 일어나 보니 아직도 하현달은 아빠를 쳐다보고 있구나.
'아빠가 좋은가?'
'칫~' 누구처럼 뚱뚱하고 못생겨가지고…ㅋㅋㅋㅋㅋ

새로운 한 주가 시작되는 오늘, 씩씩하고 보람차게….
'화이팅…!'

2013년 8월 27일 오전 07:32

JS야,

오늘 아침도 하늘은 높고 맑기만 하구나.

한참을 걷는데 앞에 보이는 건물의 유리창에 진한 주황색의 아름다운 빛이 눈부시구나.

떠오르는 태양이 높은 건물 유리창에 반사되면서 그려 내는 자연과 문명의 합작품인 장관이구나.

걷기 운동을 마치고 도살장으로 들어가던 아빠는 문득,

'내가 왜 이렇게 바보지?'

여기가 왜? 지옥문이 되어야 하지?

그 옛날 운동을 할 때, 동생들이 미련하게 끙끙대며 운동하는 것을 보다가 모두 집합을 시켜 놓고,

"야! 이 미련한 놈들아! 무슨 운동을 그렇게들 하냐. 그런 식의 운동은 금을 좋아하는 놈들이나 하는 운동법이야. 진짜 운동은 그날의 컨디션에 맞게 알맞게 하거라. 운동은 컨디션, 기분, 그리고 네놈들 배 속에 처넣은 식사량 등에 따라 다른 거야. 네놈들식으로 하는 건, 운동이 아니라 골병의 지름길이야!"

하면서 야단을 쳤는데…….

그런 아빠가 지금 당시의 동생들과 똑같은 방법으로 운동을 하고 있었구나……^^*

스트레스를 만들어 가면서……ㅎㅎㅎㅎ 멍청한 아빠….

'병신 잡을 일이 있나?'

이제부터는 올리면서 하는 게 아니라 줄이면서 할 거다.
허면 지옥문이 천국 문으로 바뀌겠지?
이 차제에 담배도 하루에 한 개비씩 줄여 볼까?
'안 돼지, 허면 20일 뒤엔 담배와 이별해야 하니…. 그래, 1년에 1개비씩 줄이는 것으로 하자 ㅎㅎㅎㅎㅎㅎ'

어! 오늘도 역기대에 누운 아빠를 하현달이 높은 하늘에서 빤히 쳐다보고 있네! 어제 아빠가 뚱뚱해서 보기 싫다고 했더니 그 말에 충격받고 다이어트를 했는지 오늘은 조금 뱃살이 빠져 있네.
'고 녀석 아빠가 좋긴 좋은 모양이지? ㅋㅋㅋㅋ'

무슨 일을 할 때 과도한 목표 설정은 때로는 스트레스를 만들어 줄 수도 있단다.

오늘 날씨가 맑고 좋을 것 같구나.
비록 더울 것 같지만 그 더위는 가을을 영접하는 더위이니.

스트레스 없는 쿨한 오늘 되거라…….

2013년 8월 28일 오전 07:47

JS야,

오늘 아침 옥상의 하늘은 아빠의 몸 컨디션처럼 짙은 회색 톤으로 칠해져 있구나.

어제 보이던 하현달도 보이지 않고….

'고 녀석, 이제 맘이 변했나…?'

오늘 아침은 이 아빠가 일어나지도 못할 정도로 몸이 엉망이구나.

이를 악물고 억지로 일어나니 평소의 시간보다 약 30분이나 늦어서 기어 가다시피 옥상에 올라갔단다.

'왜, 이러지? 재발하려고 그러나?'

옥상에 올라가니 아침마다 만나는 14층 아주머니가,

"오늘 안색이 너무 안 좋으세요." 하기에,

인사를 하려 하니 입에서 말도 제대로 나오지 않는구나.

억지로 어눌하게 나오는 말로 인사를 하니, 그 아주머니도,

"정말 담배를 끊으시고 커피도 줄이셔야 될 것 같아요."

하기에, 미소로 대답하고 말았단다.

"담배!"

너도나도 끊으라고 합창들 하는구나.

'빌어먹을! 함 끊어 볼까?' 평생 생각조차 안 했던 것이 머리를 때리는구나.

허면,

'네 할아버지가 야단치실 텐데.'

'아니야…. 네 할아버지도 아줌씨들이라면 사족을 못 쓸 정도로 좋아하셨으니 아줌씨들이 사방에서 담배를 끊으라고 합창을 했으면 벌써 끊으셨을 거야!'

'헌데, 50년 이상을 하루에 두세 갑이면 틀림없이 기네스북인데………, 아깝다….'

'아니야…. 우리 아줌씨들 나 하나 믿고 내 프로젝트에 참여하는 큰 결심들 하였는데 내가 이까짓 것을 가지고….'

'좋아, 그럼 9월 1일부터 끊어야지!'

'아니야, 기왕 끊으려 생각했으니 지금 있는 재고품만 피우고….'

'놀구 자빠졌네, 지금 당장 끊어 임마!'

'휴~~~~ 그래, 피우던 담배 눈앞에 두고 끊어 보자!'

일단 옥상에서 결심은 했지만 앞으로 닥쳐올 암흑의 세상이……^^*

그래도 J야 구름 과자는 사 오거라…ㅎㅎㅎㅎㅎ

'분하다, 우리 아줌씨들 얼마나 꼬시다고 할까……?'

비록 아빠는 암흑의 세상으로 들어갔지만 너는 밝고 맑은 오늘 되거라……^^*

2013년 8월 29일 오전 07:21

JS야,

오늘 아침은 시원한 비가 간간히 뿌리고 있구나.

살랑살랑 부는 바람도 상쾌함을 느끼게 하는 아침이란다.

몸 컨디션도 어제보단 훨 좋구나.

그지 같은 컨디션! 어제는 왜 엉망이 되어 가지고 50년 지기였던 담배까지 이별하게 만들었는지……^^*

지난 일요일 법원에 보낼 글을 쓰면서 문득 '원인 제공'이란 말이 생각났단다.

'원인 제공.'

이 말도 흔히들 안 좋은 일이 생겼을 때, 책임을 비껴가기 위해, 또는 변명의 구실로 이용하기도 한단다.

허지만 우리 생활 속에서도 이 말이 쓰일 때가 있단다.

아빠가 뇌경색 후 골방에 왔을 때 그 동네는 앞쪽과 옆쪽에 공터가 있다 보니 많은 차량들의 주차장이었지.

헌데 어느 날 아침, 밖에 고성이 오가고 싸우는 소리가 들려 기어서 나가 보니 (아빠, 웃긴다구? 그거 뭐 볼게 있다구 몸도 시원찮은 주제에 나가냐구…? 야, 요년아, 아빠가 세상을 접할 수 있는 게 그것뿐인데, 그 노막 찬스를 놓칠까…? ㅎㅎㅎㅎ) 주차해 놓았던 차량의 운전자가 아침에 나가면서 차 안의 쓰레기를 차 밖으로 버리고 가는 것을 동네 아줌마 2명이 보고 뭐라고 하자, 그것이 싸움이 된 거란다.

그래서 아빠가 지팡이를 짚고 나가 쓰레기를 버린 운전자를 야단친 뒤 보낸 다음, 아주머니 두 명에게,

"아주머니들도 잘한 것이 하나도 없습니다."라고 싫은 소리를 하자 기분들이 나쁜 표정들이었단다.

그래서 아빠가,

"아주머니, 주위를 한번 둘러보세요. 이 동네는 여기저기 쓰레기투성입니다. 이렇게 지저분한 이곳에 운전자들이 쓰레기 버릴 마음이 생기는 건 오히려 당연합니다. 우리 집 앞을 보세요! 깨끗하지요? 오늘이라도 동네 아줌마들이 나와서 잠깐만 수고하면 동네 전체가 깨끗해질 겁니다. 쓰레기봉투는 제가 드릴게요. 동네가 깨끗해지면 누가 쓰레기를 버리려 했다가도 버릴 수가 없답니다."

그래서 그날 동네 사람들이 대청소를 하였고 사람들이 아빠가 이런 몸으로 우리 집 앞, 죽어 있는 화단에 이 꽃, 저 꽃을 심고 깨진 항아리에 코스모스를 가득 심어 아름답게 가꾼 것을 보고 동네에도 여기저기 작은 땅에 화초와 먹거리를 심게 되었단다.

이후 이 동네가 얼마나 깨끗하게 변했니?

이렇게 사람들은 자신들이 상대가 그런 행동을 할 수밖에 없도록 만들어

놓은 잘못은 깨닫지 못하고 있는 경우도 우리 생활 속에도 종종 있을 수 있단다.

　오늘, 멍청한 원인 제공하지 말고 좋은 원인 제공하여 모든 사람으로부터 사랑받는 하루가 되거라……^^*

2013년 8월 30일 오전 07:33

JS야,

오늘 아침엔 며칠 전만 해도 통통했던 하현달이 이젠 제법 날씬해져, 그 믐달 모습이 나타나기 시작하는구나.

멍청한 녀석들은 서쪽 하늘이 지겹지도 않나! 항상 그곳에만 있으니……

쯔쯔쯔

어제 밤은 이상하게 자면서 1시간에 한 번씩 깨나곤 했단다.

무슨 일인지 모르지만 아빠가 아마 10시 전에 잠이 들었던 것 같은데, 첫 번째, 깼을 때 휴대폰 시간이 12시, 다음에 1시, 그다음 2시, 또 3시…. 이렇게 정확히 1시간마다 깨어났단다. 마지막에 깨어났을 땐 더 이상 잘 생각은 하지 않고 어두운 창문 밖의 하늘과 도심을 쳐다보고 있노라니 나도 모르게 전에 하던 습관대로 담배에 그만 손이…….

무심코 몇 모금 빨다가,

'어, 내가 이거 무슨 짓이지!'

하며 담배를 끄고 남아 있던 담배를 싱크대로 가져가 물을 붓고 쓰레기통에 버렸단다.

내가 겨우 이것밖에 안 되나?

이런 것 하나 이기지 못하고…. 하며 생각하면서도, 나와 평생 같이하면서 수많은 슬픈 일이 있을 때마다 나를 달래 주던 놈인데…….

하고 생각하면, 정말 서운하기도….

여하튼, 아빠의 결심이 그 몇 모금의 연기로 무산되는 바람에 아빠는 또 아빠의 자신에게 실망하고 말았구나.

하지만 '자~! 내 비록 첫 번째는 실패했지만, 지금부터 다시 시작하는 거야! 담배야, 정말 미안하다…^^*'

딸!

결심한 거, 포기하는 것처럼 보기 싫은 것은 없겠지?

'승리와 패배의 패배처럼~~~~!'

항상 승리의 힘이 넘치는 매일 되거라……^^*

2013년 8월 31일 오전 07:27

JS야,

오늘 아침 하늘은 잔뜩 흐린 것 같구나.

그러나 그 흐린 하늘 위에도 그믐달이 구름 사이로 보였다 사라지곤 하는구나….

'오늘 빨래를 하려고 했는데⋯⋯쯔쯔쯔쯔쯔'

오늘 아침 옥상 바닥엔 유난히도 담배꽁초들이 많이 있구나.

'거… 뭐, 몸에 좋은 거라고 그렇게 결사적 피워 대는지 모르겠네…! 크… 히히히히.'

너 또, '아빠, 놀구 있네⋯⋯' 하려고 했지? ㅎㅎㅎㅎㅎ

오늘 또 골방 얘기를 하는구나.

언젠가, 아빠보다 두 살 적은 놀부 마누라 심통을 닮은 우람하게 생긴 윗집 아줌씨가 우리 집 문 앞에서 아빠가 다 먹은 우유 통과 요구르트 통을 물에 헹구는 것을 보고,

"오라버니, 그거 버릴 건데 뭐 하러 헹궈요?" 하기에 아빠가,

"야, 이거 그냥 버려 봐라…. 이 더위에 그 안에 남아 있던 우유와 요구르트가 금방 썩어 냄새가 얼마나 나겠냐? 너도나도 모두 그냥 버린다면 온 동

네는 언제나 악취 속에 지낼 수밖에 더 있니?"

그러니, 그 놀부 마누라가,

"오라버니만 그리 버린다고 무슨 효과 있어요?" 하기에,

"그래도, 나 하나만이라도……. 이제부턴 너도 그리하거라…^^*"

'나 하나쯤이야!', 그리고 '나 하나만이라도!'

모든 사람이 '나 하나쯤이야.' 하면서 산다면 길에는 담배꽁초와 악취가 진동하지만, 모든 사람들이 '나 하나만이라도.' 하고 산다면 길은 항상 깨끗하고 또 상쾌할 것이란다.

'쯤이야'를 '만이라도'라고 고치고 사는 게 그렇게 힘이 들까?

아무리 작은 것일지라도 사람을 기쁘게 하는 건 많이 있단다.

오늘은, 8월의 마지막이자 주말이구나….

이런 뜻깊은 날을 맞이하여, 이제부턴 '나 하나만이라도' 맛난 거 나 혼자 먹지 말고 아빠하고 같이 먹어야지 하고 결심하면 어디 덧날까…? ^^*

즐겁고 행복한 주말 되어라….

2013년 9월 1일 오전 07:37

JS야,

9월이 시작되는 옥상의 아침은 제법 시원한 것 같구나. '기분 탓인가?'
잔뜩 흐렸던 하늘은 운동을 마칠 무렵 두꺼운 구름 사이로 밝은 햇살이
비치는구나….

어제 바쁜 일정을 마친 아빠는 저녁 식사를 끝내고는 모든 불을 끄고 조
용함 속에 어둠의 창밖을 바라보고 있었단다…. '하염없이~~~~' 적막 속
의 아빠 머리엔 수많은 영상이 나타났다 사라지곤 하였단다.
조용히 눈을 감고 있어도 보이는 것은 똑같기만 하구나.

평생을 낭인의 습성을 버리지 못하고, 승부로만 살아온 아빠는 난생처음
진지함 속에 지난 세월을 돌아본 것 같구나. 그리고 그 오랜 세월 동안의 주
위도…….

조물주는 모든 사람들에게 얼굴도 모두 다르듯, 그 사람들의 오랜 세월
동안의 생활 또한 모두 다르게 만들어 주신 것 같구나.
그리고 고통도 가지가지…….

대부분의 사람들은 어려운 생활 속에 버둥대다……, 그리고 재물이 있는
사람들은 있는 사람대로 또 다른 고통 속에…….

이렇게 모든 사람들은 수많은 걱정과 고통 속에 생을 살아가고 있는 것 같구나.

문득 우리가 많이 쓰는 '영원, 또는 영원하다'라는 단어는 그냥 상상의 단어일 뿐이라는 생각이 드는구나,

우리는 흔히 '영원한 사랑', '영원한 행복' 등을 원하고 또 모두가 많이 쓰고 있는 말이지만, 실제로 그것을 가져 본 사람들은 이 세상에 단 한 명도 없을 것 같은 생각이 드는구나.

아빠의 사랑도 아픔으로 끝났고, 그것으로 영원한 행복이니 뭐니 한 것은 물 건너갔다고 생각하다가, 아빠는 문득 한 가지 생각난 것이 있단다.
'그래, 그것이다!'라고, 그것은 바로 마음이란다.

고통도, 어려움도, 미움도, 자신이 마음먹기 따라서 그것을 행복으로 바꿀 수도 있을 것이라는 생각이……
그러나 고통, 어려움, 미움을 행복으로 바꾸려면 인내, 희생, 이해, 등이 절대적으로 필요하고 또 꿈을 가질 줄 알아야 한단다.

아빠는 멍청하게도 어젯밤, 이 나이가 되어서야 그것을 깨달았구나!
아빠 말이 맞는 건지 아빠도 잘 모르겠으니, 네가 한번 생각해 보고 아빠한테 말해 주렴……^^*

새로운 계절! 새로운 달이 시작하는 오늘…!

어…! 그리고 즐거운 휴일이기도 하네……^^*

이러한 오늘, 영원한 사랑과 행복을 만들어 보아라…….

2013년 9월 2일 오전 07:13

JS야,

오늘 아침, 아빠가 부지런을 떠는 바람에 조금 일찍 나갔단다.

어둑어둑한 옥상, 얼마 전까지만 해도 후덥지근하다 했는데, 오늘 아침은 약간 쌀쌀하기까지 하는구나.

동남쪽 높은 하늘엔, 삐에로의 입을 닮은 얇은 그믐달이 선명하게 보이는구나.

잠깐의 시간이 흐르자, 새벽하늘엔 푸른색의 하늘이 드러나면서 진한 주황색 광채가 하얀 구름을 덮어 버리는 새벽노을의 장관을 보이는구나.

똑같은 태양이고, 똑같은 하늘, 그리고 똑같은 구름이지만 조그마한 시간의 차이로 이렇게 변화무쌍한 모습을 보이고 있구나.

이렇듯, 우리 생활도 조금만 생각을 바꿔도 때에 따라서는 삶에 큰 영향을 주리라 생각한단다.

예전에 아빠의 후배 한 명이 일찍 사랑을 하여 19살에 첫아기를 낳고, 또 다음 해에 둘째를 낳아 불과 20살에 남매의 아빠가 되었단다. 당시는 국가에서 산아제한을 권장하고 하나만 낳아 잘 키우자는 구호가 시작되는 시기였단다.

그 동생 놈이 어느 날 아빠에게 와서 걱정을 태산같이 하는 거 아니겠니?

아기들 학교교육이고, 생활이고 어찌할지 걱정이라면서…….

그래서 아빠가…

"난 네놈이 부러워 죽겠다. 일찍 그렇게 사랑하는 제수씨와 있으며 남매까지 두었으니, 새끼를 두고서 자식 때문에 걱정하는 건 죄악이야, 임마!" 하고서

"너, 삼천갑자 동방삭이 얘기 아냐…? 동박삭이가 어느 날 미끄러지면 수명이 삼 년이 단축된다는 삼 년 고개에서 넘어지고 말았단다. 넘어지고서 태산같이 걱정을 하던 동방삭이는 벌떡 일어나서는 좋다 어디 네가 이기나 내가 이기나 보자 하고 한 번 넘어지면 삼 년의 수명이 단축된다는 삼 년 고개에서 천 번을 넘어진 거야. 허면 벌써 죽었어야 할 텐데 멀쩡히 살아 있는 것이 아니겠니…! 그렇듯 모험의 믿음은 한번 넘어지면 3년의 수명 단축이 오히려 3년의 수명 연장이 되어 동방삭이는 3천 년을 살아 3천갑자 동박삭이가 되었단다. 그렇듯 비록 차원은 다른 얘기지만 애기들 땜에 걱정하지 말고 차라리 한 10명을 더 낳아라. 그리고 학교 보낼 능력이 안 되면 모두 어릴 적부터 공장이나 보내거라. 허면 앞으로 20년 뒤, 네놈은 한명만 낳아 잘 키운 부잣집 놈들이 부러워하는 사람이 될 테니……."

결국 그 친구는 모두 8남매의 자녀를 두고 가장 행복한 삶을 살고 있는 친구란다.

이렇게 생각이란 자신이 화로 생각하는 것이, 또는 귀찮게 생각하는 것이 때로는 복도 되고 행운도 갖다줄 수 있단다.

JS야, 오늘 아빠에게 외손주 10명을 만들어 주는 생각을 하면 어떨까…?
ㅎㅎㅎㅎㅎㅎ

9월의 첫 업무가 시작되는 오늘, 지혜가 가득한 새로운 달이 되거라…^^*

2013년 9월 3일 오전 07:12

JS야,

이제 정말 벌써 가을이 온 건가?

나시 티 차림의 아침은 제법 쌀쌀하구나. 정말 오랜만에 느끼는 쌀쌀함이구나.

오늘도 하늘은 맑고 높기만 하구나.

어제 밤늦게 맨 처음 아빠에게 강의를 들었던 한 아주머니가 울먹이면서 전화가 왔단다. 자려고 준비한 아빠는 할 수 없이 실내를 정리한 뒤 오라고 하여 이야기를 들으니 같이 강의를 듣던 친구하고의 심각한 문제가 만들어졌더구나.

이야기를 다 듣고 난 아빠가… 마음도 달래 줄 겸 웃으면서…,

"으이그… 멍청한 아줌씨…! 뭐 고민할 것도 없네…. 선택의 여지가 없는 거네…."

그리고 아빠의 의견을 얘기한 뒤, 마음을 풀어 주고 보냈단다.

'선택의 여지가 없다.'

우리가 살아가면서 선택의 여지가 없는 상황은 수시로 겪는다.

허지만 대부분은 그런 상황이 되면 망설이거나 피해 가려고만 한다.

그래서 자기도 모르는 사이에 피해를 보는 일도 적지 않게 생기고 있다.

만일 네가 그런 상황이 되면 두려워하지 말고, 선택의 여지가 없는 하나의 길로 주저 없이 부딪혀 나가거라.

아빠는 평생 수없이 만난 선택의 여지가 없는 상황이 되었을 때 그때마다 그 선택의 여지가 없는 길로 주저 없이 달려갔단다.

때로는 집채만 한 파도가 치는 겨울 바닷속으로, 때로는 10㎞ 이상 되는 지옥문 같은 터널 속으로…….

선택의 여지가 없는 하나의 길에서 주저하면 다른 나머지 삶에서도 힘든 길을 걸을 수밖에 없단다.

아빠가 군대 가기 전 어느 겨울의 이야기란다.

너희 할아버지의 거제도 전화 가설 공사 현장의 일이란다.

수많은 기술자와 인부들을 도시에서 데려가 공사를 하던 막바지 마지막, 관급자재인 동선 약 30㎏이 모자라 공사를 마무리하지 못하였단다.

그래서 부산에서 제일 가까이 있는 포구에 배편으로 모자란 자재를 보냈단다. 아빠는 읍내 현장에서 그 배가 도착하는 부두로 버스를 타고 가서 배를 기다렸는데 배가 1시간이나 늦게 도착하는 바람에 그 포구에서 읍내로 가는 버스를 놓치고 말았단다.

버스는 하루에 두 번밖에 다니지 않고 다른 교통수단이라고는 전혀 없는 곳이란다.

늦은 저녁 겨울 바다의 찬 바람에 얼굴은 물론 손발까지 얼어붙었지만 작은 포구에는 희미한 가스 등잔불의 조그만 점포 하나뿐 인적 하나 없는 곳에 아빠 혼자 30㎏ 되는 자재와 함께 어둠 속에 있었단다.

현장이 있는 읍내까지는 약 12㎞… 그것도 완전히 구불구불한 산길이란다.

쉴 수 있는 곳은 포구에서 조금 떨어진 곳에 있다는 주막, 전화나 무슨 방법으로든 아버지께 연락할 수 있는 방법은 없다.

선택의 여지는 없다.

30㎏의 자재를 짊어지고 산길을 가기 시작했단다.

마침 음력 보름이라, 휘영청 비치는 환한 보름달이 오히려 공포를 만들고 있었다. 군데군데 낮은 구릉엔, 공동묘지, 또 색동천 조각이 흔들리는 음산한 성황당과 천하대장군, 지하여장군의 목각, 거기에 스산한 겨울바람 소리, 30㎏밖에 안 되는 동선 자재도 얼마 안 가서 천 근이 되어 어깨를 압박하고, 언덕을 넘으면 또 새로운 언덕이 나타나고 읍내에 도착하니 자정이 가까워진 시간이었단다.

그 추운 겨울 산길을 달려온 아빠의 몸은 땀으로 흠뻑 젖어 있었단다.

너의 그 강한 할아버지도 눈물을 글썽이며, 아빠를 맞아 주셨단다.

그리고 전공과 기사, 그리고 모든 인부들도 자지 않고 있다가, 아빠가 도착하자 놀라면서 그 자재로 달밤에 공사를 마무리하여 주었고, 모두가 감격 그 자체였었단다.

만약 아빠가 무서워서, 또는 힘들어서 산길을 가지 않고 주막에서 쉬고 다음 날 갔으면 어찌 되었을까?

할아버지는 걱정을, 수많은 기사와 인부들은 할 일 없이 그 작은 자재 때문에 가지도 못하고…, 공사는 공사대로 늦어지고, 숙소도 하루 더 연장해야 하고….

이렇게 선택에 따라 극과 극을 달릴 수도 있단다.

'때로는 무식한 결정'이 그렇게 이쁠 수도 있다는 것을 명심하거라….

오늘도 고민하지 않는 쿨한 날 되거라.

2013년 9월 6일 오전 07:06

JS야,

아빠가 이틀 동안 새벽에 병원 가느라 옥상에 오르지 않았더니 하늘이 삐침 했는지 운동하는 내내 잔뜩 찌푸리고 있구나….

이틀 동안 병원에 다니면서 지하철에서 아빠는 여러 가지 생각을 하였단다.

그 이른 아침에 지하철에 타고 있는 의외로 많은 노인들을 보면서 저 노인들이 어디 직장에 다니는 것 같지는 않은데…

그럼 이 아침에 어디들 가는 것일까? 하며 생각하다가, 문득 서글픈 생각이 나는 거 아니겠니!

사회의 또 다른 비참한 모습을 보는 것 같아 가슴이 아프구나.

아빠도 그중의 한 사람일 텐데….

이 열차 안의 가득 찬 활기찬 젊은이들도 몇 십 년 뒤면 똑같은 처지가 될 터인데…….

좀 더 따뜻한 시선이 나이를 초월하면 어떨까…

하는 생각도 해 보았단다.

전에 도쿄에 갔을 때, 그때는 주로 전철을 타고 다녔었는데, 전철 안에 유난히 많은 노인들이 인상적이었단다. 그 노인들은 대부분 말쑥한 정장에 전철 안에서는 대부분 책이나 신문을 보며, 복잡한 신주쿠역이나, 한국인이나 중국인이 많은 오꾸보역에서도 골고루 많은 사람들이 분주하게 그리고 활기차게 오르내리는 것이 아주 보기 좋았는데 우리나라의 이른 새벽 지하철의 노인들은 측은함만 가득하구나……

아빠는 이 나이에 이 몸으로도 씩씩한데……^^*

이제 가을이 점점 가까이에 오고 있고, 풍요한 명절도 10여 일 앞으로 다가왔구나….

이럴 때, 출퇴근하며 어르신의 마른손을 잡아 자신이 앉아 있던 자리로 인도해 드려 보렴….

네 가슴은 물론, 그 노인의 메마르고 얼어붙은 가슴도 따뜻해지지 않겠니…….

오늘도 네 주위 모두가 따뜻한 하루 되거라…….

2013년 9월 7일 오전 07:24

JS야,

오늘 아침 옥상의 날씨는 시커먼 구름도, 하얀 부드러운 구름도, 그리고 약간의 밝은 햇살도…… 마치 아빠의 마음처럼 복잡하기만 하구나.

왜 아빠 마음이 복잡하냐구?

어제 아빠가 구상한 것에 대하여 모 기업에서 개발을 하였단다.

그 구상 제품은 아빠가 그 회사에 제안을 한 것이기에 그 회사에서 개발을 하였다 하여 아무런 문제는 없는 것이지만, 그래도 적어도 아빠에게 연락을 하는 것이 도리가 아니었나 생각하니 분노가 만들어지더구나….

그리고 이어지는 그 회사의 변명…….

또 다시 모든 것이 싫어지기만 하는구나.

며칠 동안 피우지 않았던 담배로 마음의 고통을 지우려 해도 그것이 잘 안되는구나.

우리의 사회!

왜 이렇게 모두가 추해야 하는 건지.

어제 밤늦도록 그들과 통화를 하면서 또다시 따뜻함이 넘쳐야 할 사회가 그리워지는구나.

그리고 책임이라는 자신들이 만든 틀에서 할 수 없이 움직여야만 하는 사회 구성원들의 모순이 측은하게만 생각되는구나.

문뜩!
내가 지저분하게 무슨 생각과 또 무슨 짓을……!

아무것도 아닌 것을 가지고 바보처럼 고민하고 있는 아빠를 발견했단다.
그저 당시는 머리에 생각나는 것이 있어 잠깐 컴퓨터 키보드를 두들겨 그들에게 의견을 보낸 것뿐이었는데…….

오히려 고마워하여야 할 사람은 난데…….

그래, 포기하자.
하지만 아빠가 사랑하는 우리 식구들이 무척 실망들 할 텐데…….

아니야…, 그들도 아빠를 사랑하니 이해들 하겠지…….
창밖의 시커먼 구름 사이로 밝은 한 줄기 빛이 창문을 비추고 있구나.

그 회사도 차가운 최첨단의 제품에 따뜻함을 더한다면, 더 많은 사람들로부터 사랑을 받을 텐데…….

상쾌한 가을의 주말!
기쁨 가득하거라……^^*

2013년 9월 8일 오전 07:36

JS야,

오늘 아침의 옥상은 높고 맑은 하늘이 가을을 보여 주고 있구나.

아빠의 마음도 오늘은 상쾌하게 가을을 달려가고 있단다.

이 아름다운 날씨처럼 모든 사람들이 따뜻함과 행복이 가득했으면 좋겠구나.

어제는 꿈을 가슴에 담은 많은 아주머니들이 이곳에 왔었단다.

처음 뇌경색 발병 후, 누운 채 육체적 고통과 정신적 고통에서 발버둥질하며 깊은 절망의 늪 속에서 헤매던 것이 엊그제 같은데, 이제는 비록 몸은 불편하지만 아빠의 생에 그 옛날 행복했던 시간 이후 가장 보람차고 행복한 시간을 보내고 있단다.

한 단계, 한 단계 나아가며 진행되는 프로젝트 속에 문뜩 결실의 계절, 가을도 그렇게 반가울 수가 없구나.

프로젝트 구상 초기, 가장 힘들었던 무인 수납 장치도 이제는 완벽한 구상에 의하여 이제 얼마 안 있으면 그 예쁜 모습을 보여 줄 것이고, 또 꿈을 가슴에 안은 많은 아주머니들도 생기고······.

그리고 오늘은 또 반가운 일이 있었단다.

아침마다 옥상에서 운동을 하며 만나는 분 중 한 사람이 국세청에 수십 년 근무하다 지금은 세무사를 하시는 분인데 아빠의 프로젝트에 큰 관심을 보이면서 도와주시기로 하였단다.

그래서 오늘은 그분과 멋진 모닝커피도 한잔하고……^^*

사실 프로젝트를 추진하면서도 가장 신경이 쓰였던 것이 많은 시설비와 많은 매출이 예상되어 초기의 세무, 회계 부분이었는데…….

그런 분을 이 옥상에서 만날 수 있었다니…….
이것도 또 하나의 작은 기적이 아니겠니!

이렇게 사람이 사는 세상에는 절망 속에서도 마음의 결심 하나로 꿈을 만들 수도 있단다.

어제 이곳을 찾아 준 많은 아줌씨들!
그분들은 아빠의 최고 주치의들이기도 하단다.

모두 진심으로 사랑하고 또 고맙습니다.

지금 이 시간, 강한 햇빛이 창문을 부수면서 강하게 비추고 있구나.
전에 같으면 커튼을 내리고 컴퓨터를 했는데, 오늘은 왠지 눈부신 햇살과 함께 너에게 글을 쓰고 싶구나….

행복한 가을 휴일이구나….
너의 꿈도 영그는 오늘이 되거라….

2013년 9월 9일 오전 08:05

JS야,

오늘 아침의 옥상은 약간 흐린 것 같구나.

6시 정각엔 동쪽 하늘이 야간 붉게 물들기에 오늘 아침도 아름다운 자연의 거대함을 기대하였는데, 구름들이 방해를 하였구나.

오늘은 아빠가 너에게 글 쓰는 것이 조금 늦었구나.

옥상에서 세무사를 만나 담배를 피우면서 얘기를 하느라 늦었단다.

담배와 술, 어떤 면에서는 서로 간의 대화를 이어 주는 매개체 역할도 한단다.

문득, 20년 전의 어떠한 일이 생각나는구나.

저녁때 집에 가느라 동네를 지나는데 동네에 사는 소아마비 불구의 아주머니가 포장마차에서 술을 마시고 있다가 아빠를 보더니,

"오라버니, 술 한잔하고 가세요." 하기에,

"아니." 하고 가다가 '아니야, 내가 거절하면 자기가 불구라서 같이 안 마시려고 하는 거 아닌가? 하고 서운하게도 생각하겠지.' 하는 생각이 문득 들기에 다시 돌아가서,

"그래, 한잔하자." 하고 같이 술을 마시기 시작했단다.

사실 아빠는 술을 아주 좋아하고 또 많이 마시고 그리고 술을 마셔도 걸음이나 말이나 하나도 흐트러트리지 않고 마시는 것으로 유명하였단다.

그러나 20대 후반, 너의 할아버지에게 술을 먹고 패륜적 행동을 한 적이 있었는데 그 이후 술을 먹지 않았단다.

그러니 거의 30여 년 만에 먹은 술이었지.

나중엔 그녀의 남편도 오고 하여 함께 거의 새벽녘까지 마시게 되었단다.

그리고 집에 들어가니, 술을 좋아하는 너의 엄마가 아빠의 그 모습을 보고 놀라면서,

"오랜만에 사람다운 모습을 보는 것 같네요."라고 하였었지.

술이나 담배, 이렇게 인간적인 면과 함께할 땐, 그것도 우리 생활 속에 소중한 것 아니겠니?

뭐! 아빠 그러다가 담배 다시 피우는 거 아니냐구?

크, 글쎄!

어제 YJ가 왔었단다.

취직이 되어서 잘되었구나.

빌어먹을!

오늘은 창밖에 햇살도 비치지 않는구나.

하지만 활기차고 보람차게 새로운 한 주를 시작하거라…….

2013년 9월 10일 오전 07:21

JS야,

오늘 아침 옥상의 하늘도 어두운 잿빛 파스텔 톤으로 칠해져 있구나.

마치 위선투성이인 이 사회의 모습도 색으로 칠한다면 이러한 색깔이 아닐지…….

정부도, 국회도, 국가의 양심인 사법부마저도….

언론도, 그리고 방송도 상업이라는 그늘 아래 또 사회의 지식층이라는 위선 속에 그것을 접하는 국민들도, 또 어린아이들마저도 정서라는 것은 전혀 없는 이상한 아름다움 속에 살아가는 것 같구나.

그 속에 기업은 기업대로 양심과 기본이라고는 전혀 없는 경영 속에 그 구성원도 편법과 협잡의 달인들이 대우받는 세상을 만들고 있고…, 그러함 속에 하루하루가 지나는 것을 모두는 발전을 하고 있다고 생각하는 세상인 것 같다.

진실, 진정, 양심은 그저 위선을 만드는 단어이고, 비정상과 편법, 그리고 협잡이 우리 사회의 든든한 재산이 되어 버렸단다.

우리나라!

몇 십 년 후에는 과연 어떻게 변할까?

나라의 기둥이라는 어린이는 든든한 나무처럼 뿌리서부터 자라는 기둥으로 키우는 것이 아니고 지금은 콘크리트 기둥으로 만들어 가는 것 같아 마음이 아프기만 하는구나.

오늘 아침, 잔뜩 흐린 하늘을 보노라니, 요즘 아빠와 어느 대기업과의 관계에 그들의 파렴치한 행동에 진실이 없는 이 사회를 그리게 되었고, 그래서 오늘 아침엔 너에게 그지 같은 푸념만 하고 말았구나….

오늘 아침, 눈으로 보는 날씨는 비록 우중충하지만 마음속 날씨는 밝은 색으로 칠해 보거라…….

2013년 9월 11일 오전 07:19

JS야,

오늘 아침 옥상엔 가을비가 촉촉이 내리고 있구나.

오늘은 아빠가 운동보다는 우산을 쓰고 천천히 걸으면서 아침의 가을을 마음껏 즐겼단다.

그리고 역기는 쉬고 대신 실내에서 아령으로 대신하기로……^^*

어제저녁의 옥상이었단다.

가늘게 간간히 내리는 가을비 속에서도 애연가들은 옥상을 사랑하는 것 같았단다.

뭐!

아빠 또, 담배 피우려 올라간 건 아니냐구?

'ㅋㅋㅋㅋ 글쎄다?'

한참을 저녁의 옥상을 산책하는데 올라와서 담배를 피우는 사람들 중 어떤 사람은 담배를 피우곤 궂은 날씨여서 그런지 담배꽁초를 아무 데나 휙 버리고 가 버리는 사람이 많았단다.

그런데 가끔 올라와서 담배를 피우는 한 아가씨는 담배를 다 피우고 나서 자신이 피운 담배를 재떨이 있는 곳까지 와서 재떨이에 버리더니, 궂은 날씨임에도 불구하고 그 주위에 떨어진 빈 담뱃갑과 더러운 꽁초까지 손으로 주워서 쓰레기통에 버리는 거 아니겠니.

그 모습을 본 아빠는 그 모습이 너무 예뻐서 아빠도 주위의 꽁초들을 같이 주워 주었단다.

사람에게 진정한 아름다움은 무엇이겠니?
외모는 아름답지만 하는 행동이 눈살을 찌푸리게 한다면 그것은 아름다움이 아니라 그저 역겨울 뿐이란다.

아무도 보지는 않지만 주위의 더러운 담배꽁초까지 손으로 주워서 치우는 그 아가씨!
그 어느 여자들보다 아름다웠단다.

그 착하고 아름다운 아가씨 덕분에 비 오는 가을 저녁이 더욱 친근해지는구나….
그리고 미소까지……^^*

오늘은 하루 종일 비가 온다고 하는구나.

출근할 때 '와! 아름다운 가을비가 내리네….' 하면서 하루를 시작하면 어떨까?

2013년 9월 15일 오전 07:30

JS야,

며칠 동안 만나지 못했구나.
병원에도 가고, 날씨도 그지 같고 해서……. (게으른 핑겐가…? ㅎㅎ)

오늘 아침 옥상!
새벽에 올라가니 그래도 간간이 별이 보이기에 오늘은 날씨가 좋을 것 같다 하고 생각했는데 날이 밝아지니 하늘이 계속 인상을 쓰고 있구나.

'오늘은 빨래를 해야 하는데…….'
요즘은 아빠도 너만큼 정신없이 바쁘단다.
이제 아빠의 프로젝트도 이 가을처럼 준비 작업이 무르익어 좋은 분들이 많이 참여하여 명절이 지나면 바로 사무실도 얻고 회사도 설립하고 하면서 또다시 아빠식인 무식하게 밀어붙이는 공격이 시작된단다.
뜨거운 투지도 아빠의 가슴에 만들어지지만 한편으론 꿈을 안고 참여하는 많은 아줌씨들에게 실망을 주면 안 되는데… 하는 부담도 조금은 생기는구나…….

하지만 이 아빠는 훗날에 기뻐할 아줌씨들의 얼굴만을 그리며 하나하나 초기의 방정식을 풀어 나갈 작정이란다.

'꿈!'

1단계 아빠의 꿈은 모든 아줌씨들에게 꿈을 만들어 주는 것이고, 2단계 꿈은 그 꿈을 실현시키는 것, 그리고 3단계 마지막 꿈은 모두를 그 꿈속에서 살게 하는 것이란다.

이제 1단계 꿈은 실현되었고 지금부터는 2단계 꿈을 위해 이 추석 연휴는 매우 소중하단다. 시작과 동시에 결실을 가질 수 있는 황당한 계획을 결실의 시기인 추석 연휴 동안 만들어야 한단다.

아빠 홀로 외로운 싸움을 하면서…….

시간이란, 결실을 만들어 주는 자원도 되지만 때로는 고통을 만들어 주는 자원도 될 수 있단다.

생각하는 시간은 결실을 주지만 덧없이 낭비하는 시간은 고통과 좌절만 만들어 준단다.

내일을 위한 효과적인 시간을 만들면서 오늘 휴일을 보내는 건 어떨까?

2013년 9월 16일 오전 07:28

JS야,

오늘 아침 옥상은 반바지에 반팔 러닝 차림의 아빠에게는 제법 쌀쌀하구나.

하늘은 구름 한 점 없이 높고 맑기만 하구나.

구름 한 점 없는 아침 하늘 정말 오랜만에 보는구나. 오늘 아침은 가을의 첫인상을 보는 기분이구나.

'첫인상.'

며칠 전 아빠의 일에 도움을 받기 위해 부탁을 하여 어떤 한 사람을 만난 적이 있었단다.

인상은 굳어 있고 어울리지 않게 잡는 무게, 외모의 첫인상도 그랬지만, 말하는 태도 역시 건방지고 교만으로 가득한 친구였단다.

옆에 소개시킨 사람이 없었다면,

"야, 이 새끼야 당장 꺼져!"

라고 하면서 뺨이라도 갈겨서 쫓아 버리고 싶었지만…….

휴~~~~~ 그것을 참느라…^^*

그 녀석을 보니 문득 그 옛날에 본 〈First Time Ever I Saw Your Face〉라는 영화가 생각나는구나.

이렇게 첫인상은 매우 중요하단다.

상대방에게 미소를 만들어 주는 첫인상, 그것은 외모보다 말이나 행동으로 만들어 줄 수 있단다.

인상이 좋은 우리 딸!

맑은 가을 하늘처럼 모든 사람에게 미소를 만들어 주는 오늘이 되거라….

2013년 9월 17일 오전 08:31

JS야,

오늘도 아침의 하늘은 아름답고 맑은 가을을 그리고 있구나…….
사파이어의 하늘엔 진주 같은 새털구름이 가득하구나.

오늘은 아빠가 옥상 손님과 함께 모닝커피를 하는 바람에 너를 만나는 것
이 늦었구나.

내일부터는 추석 연휴, 재미있는 스케줄은 만들었니?

며칠 전까지만 해도 계속 비가 왔었는데 오늘 아침 그림 같은 가을 하늘
을 보며, 파도는 올라갔다 내려갔다 하는 것이 마치 사람의 일생이 행복했
다 불행했다 하는 것처럼 연결된다면, 계절과 날씨는 사람이 살아가며 매
일매일 수많은 일이 생기는 것과 같은 느낌을 주는구나.

계절에 따라 맞는 옷을 입어야 편하고 날씨에 따라 모자도 쓰고 우산을
들듯이 사람이 살아가며 느끼는 미움, 고통, 어려움 등 수많은 상황들, 그
상황을 계절 따라 옷을 바꿔 입고 비 오는 날에 우산을 쓰듯이 현명하게 대
처한다면 그 어려움들을 쉽게 극복할 수 있지 않겠니?

올바르고 현명한 삶을 만들어 주는 것도 우리의 생각과 지혜라는 것을 잊
지 말아야 될 것 같구나.

맑은 오늘, 하늘을 한 번 쳐다보면 그 아름답고 넓은 하늘도 자기 것이라는 것을 느낄 수 있을 것이다.

그리고 넉넉함을 느끼는 오늘이 되렴…^^*

2013년 9월 18일 오전 07:15

JS야,

연휴 시작 첫날의 아침이구나.

아침의 옥상, 5시 30분에 올라가니 그래도 서울의 하늘에도 간간이 별이 보이더니 날이 밝아지면서 맑고 높은 하늘이 나타나는구나.

어제와 같은 구름 한 점 없는 하늘은 마음까지 맑게 하는구나.

그 언젠가의 추석, 당시는 추석 연휴라는 것이 없었지만 낭인인 아빠는 만들면 연휴였단다…^^*

3일 동안 산에 올라 혼자 지내기로 결심하고 식빵 두 줄을 사 들고 산을 올랐단다.

산 정상에서 흘러 내려오는 맑은 물소리와 간간이 들려오는 새소리.

어떤 때는 그 아름다운 소리를 듣는 것을 방해할까 봐 트랜지스터라디오를 끄고 바위에 누워 눈을 감고 몇 시간이고 있으면 맑은 기운이 몸 안으로 깊숙이 들어오는 느낌이란다. 그야말로 아무 생각도 없는 무념무상 속에 마치 신선이 된 느낌으로……

그해 추석 때는 밤의 기온이 무척 쌀쌀했던 것으로 기억나는구나.

해가 지고 나서 추우면 혼자 그야말로 달밤에 체조하는 식으로 운동을 하고……

유일한 난방은 옷을 훌훌 벗어 던지고 한참을 맑고 찬 개울물에 목까지 몸을 담그고 한참을 있다가 나와서 물을 닦고 나서 속옷 하나만 입어도 몸이 그렇게 따뜻할 수가 없었지.

그리고 겉옷까지 입고 나면 몸이 따뜻해지면서 그렇게 기분이 좋을 수 없었단다.

그렇게 3일을 산속에서 추석을 보내고 내려온 일도 아빠의 그리운 추억의 하나란다.

이렇게 난방이라는 것은 하나도 없는 쌀쌀한 산속에서 포근함을 느낄 수 있는 것도 지혜로 그 쌀쌀함을 이길 수 있었기 때문이 아니겠니!

그렇듯 우리의 삶에도 고통이 있어야 즐거움도 만들 수 있는 거란다.
어려움과 고통은 넉넉한 마음과 지혜로 충분히 이길 수 있단다.

곡식의 수확만 넉넉한 추석이 아닌, 마음의 식량도 넉넉히 수확하는 추석을 만들면 어떻겠니!

즐거운 연휴 되거라……^^*

2013년 9월 19일 오전 07:47

JS야,

추석날 아침이구나….
오늘 아침 옥상의 하늘도 맑고 깨끗한 모습을 보이고 있구나.
명절 아침이라 그런지 오늘은 옥상에 올라오는 사람이 한 명도 보이지 않는구나.

금년 추석은 아빠의 이쁜 여동생의 도움으로 성당에서 할아버지와 할머니의 추모 미사를 지낼 수 있게 되었구나.
산소는 아빠가 직접 운전하기 전까지는 안 가기로 하였으니 이제 내년 추석엔 운전해 갈 수 있도록 노력을 할 작정이란다.
그때까지 몸도 많이 좋아져야 할머니도 아빠의 모습을 보시고 슬퍼하지 않으실 텐데…….

추석 연휴, 스케줄이 있겠지만 할아버지의 모습은 그리지 못할지라도 인정 많고 의리 있었던 할아버지 생각을 하여 보고, 너희들에게도 그리고 모든 사람에게도 항상 다정하셨고 인자하셨던 할머니의 모습은 오늘 하루 만이라도 마음속에 담아 보거라.

방금, 네가 보낸 오늘 저녁 같이하자는 문자가 왔구나.
오늘은 설마 햄버거나 피자는 아니겠지…? ㅋㅋㅋㅋㅋㅋ

아빠는 오늘 할아버지, 할머니와 함께 보내려 한단다….

나중에 보자.
그리고 풍성한 한가위 되거라….

2013년 9월 20일 오전 07:59

JS야,

오늘 아침도 옥상에서 어떤 사람과 이야기를 나누는 바람에 좀 늦었구나.
오늘 아침 옥상의 하늘은 약간 흐린 표정이다. 하늘도 어제 명절이라고
과음을 한 모양이구나…^^*
그러나 하늘은 여전히 높고 푸르고 솜털 구름이 높은 곳에 자리하며 아름
다운 조화를 이루고 있구나.

어제저녁 우리 딸과 막둥이와 함께한 저녁, 정말 기쁘고 좋았단다.
오늘 아침 옥상에서의 대화!
중년의 남자인데, 회사의 어려움을 얘기하면서 동업자들이 후환이 무서
워 모두 떠났다며 태산 같은 걱정을 하더구나.

참으로 불쌍한 세상에 살고 있다는 것을 새삼 느꼈단다.
우리가 흔히 전쟁 사극을 보면 공격받은 성의 장수가 끝까지 성을 떠나지
않고 싸우다 전사하는 장면을 많이 보았을 것이다.
죽음을 두려워하지 않고 의를 택하는 그러한 장면의 영화를 보며 현대인
들은 모두 숙연해하며 감동을 받는다.

허지만 당사자가 그 상황에 처한다면 그 사람도 과연 그런 행동을 할 수
있을까?

아니, 지금의 세상에 의를 위해 죽음을 택할 수 있는 사람이 단 한 명이라도 있을까?

아니, 죽음이 아니더라도 어려운 상황이 되었을 때 끝까지 책임을 질 수 있는 사람이 과연 얼마나 있을까?

책임과 의로운 희생, 그것이 그 무엇보다 아름다운 것임에도 점점 행동은 고사하고 그 단어조차 사라지고 있는 것 같아 안타깝기만 하구나.

책임과 희생을 절대로 두려워하지 말아라.

그럼, 모든 사람이 너를 가까이하고 존경할 것이란다.

오늘 추석 연휴의 마지막이구나.
아~~ 너는 오늘도 출근한다고 했구나.

책임과 희생이라는 단어를 잊지 않는 사회생활을 하거라…….

2013년 9월 21일 오전 07:22

JS야,

오늘 아침의 옥상의 아침도 초가을의 상쾌함이 온몸에 전해 오는구나.
서쪽 하늘 중턱엔 하루 지난 보름달이 밝게 떠 있다 동쪽에서 붉은 태양
이 나타나기 시작하니 도망가기 시작하는구나.

이제 추석 연휴도 끝났구나.
아빠가 옥상에 운동을 하러 올라가면 제일 힘들 때가 처음 역기대에 누워
역기를 들기 시작할 때란다.

처음 역기를 들려고 하면 공포 그 자체란다.
굳어 있던 팔과 몸에 역기를 잡고 들어 올리려고 하면 온몸에 전해 오는
통증과 힘이 없는 왼팔의 고통으로 항상 두려움이 앞선단다.

하지만, 몇 번 통증의 고통을 참고 들어 올리면 그 고통은 점차 사라지며
두 번째부터는 묵직한 기분 좋은 느낌이 온몸에 전해진단다.

이렇듯 우리 생활에서도 처음이 중요하단다.
'시작이 반 이다.'라는 옛말도 있듯이 시작을 하고 나면 그다음은 어려울
것이 하나도 없단다.
공부도 하기 싫어서 책상 앞에 앉는 것이 힘이 들지만, 막상 앉고 나면 계

속하여지듯이 처음의 시작은 매우 중요하단다.

  이제 연휴가 끝났다.

  며칠 쉬었다는 것! 때로는 그다음을 힘들게 할 수도 있단다.

  즐거웠던 연휴….

  이제 초가을의 상쾌함을 느끼면서 즐거운 마음으로 연휴 뒤 첫날을 시작
하거라…….

2013년 9월 22일 오전 07:47

JS야,

오늘 옥상에 하늘은 예측을 할 수 없구나.

올라갔을 때는 간간이 빗방울이 떨어지면서도 멀리 서쪽 하늘엔 둥근달 모습이 보이더니 또 어두운 구름이….

그러더니 동쪽 하늘엔 또 진 주황색의 빛이 나타났다 했더니 또 어두워지는구나….

아빠는 프로젝트를 준비하면서 수많은 사람들도 오늘 날씨처럼 다양하다는 것을 새삼 느꼈단다.

지금까지는 주로 남자들만 상대하는 사회생활을 하였다면 지금은 어떠한 한 분야의 여성들만 상대하고 있는데, 모두가 다양한 성격들이더구나….

허지만 어떤 면에서는 극명하게 두 가지의 부류도 나누어진다는 것도 알았단다.

주렁주렁 가득 감이 달린 감나무 아래서 입을 벌리고 감이 떨어지기를 기다리는 사람들과 감나무 위에 올라가서 감을 수확하는 사람들로 나누어지는 것 같구나.

여기에 아빠는 또다시 기분 좋은 목표가 생겼단다.

어찌 되었든 수많은 사람들에게 프로젝트를 알렸으니 참여하는 사람들이나 참여하지 않는 사람들에게 투지와 오기로 프로젝트를 멋지게 만들어서 보여 준다는 최고의 목표를 얻은 거 아니겠니!

최악의 경우는 아빠, 최초의 프로젝트였던 동자부 프로젝트와 헬기 작전처럼…, 혼자의 힘으로……

당시도 모두 무모하고 황당하다고들 하였지만 멋지게 끝내자 입들을 벌리고 부러워했던 모습들이 그렇게 기분이 좋을 수 없었단다……^^*

그리고 그때는 젊고 건강했지만, 지금은 늙고 병든 불구자이기에 더더욱이 승부에 도전할 맛이 난단다…….

너는 어떤 삶을 원하니?
수많은 꿈을 꾸지 말고 하나의 꿈을 만들 수 있는 삶을 살거라.

날씨가 아직도 어둡기만 하구나.
빨래를 해야 하는데….

명절 연휴와 이어지는 마지막 휴일, 반짝반짝 빛나는 하루 되거라…^^*

2013년 9월 23일 오전 07:17

JS야,

오늘 아침은 5시 조금 넘어서 옥상에 올랐단다.

조금 못생긴 둥근달이 밝게 떠 있고 서울 하늘에선 보기 힘든 별도 간간이 보이는 것이 오늘도 맑은 날이 될 것 같구나.

운동이 끝날 무렵 며칠 전 만났던 동업을 하다 어려움을 겪고 있다는 사람을 또다시 만났단다.

서로 담배를 한 대 피우고 "힘을 내라. 실패는 더 큰 성공을 갖다주기도 한다."라고 얘기를 해 주고 내려왔단다.

'동업.'

예전에 아빠의 후배가 아빠에게 와서 세 명이 한데 모여 사업을 하기로 했다고 하면서 이야기를 하길래,

"야, 임마 너 동업이란 게 얼마나 힘든 것인 줄 아느냐?"라고 얘기하고,

"동업을 하여 성공한 것이 무엇이라고 생각하느냐?"라고 물으니,

"사업이 잘되는 것이 아닙니까?" 하기에,

"그래, 그것도 성공이지만 그것보다 더 큰 성공은 사업이 쫄딱 망하여 세 놈이 몽땅 교도소에 들어가서 쇠창살을 마주 보며 서로 웃으면서, '우리 원 없이 잘했다.'라고 말할 수 있을 때 그 동업은 가장 성공한 거란다."

라고 얘기를 하니 녀석은 도저히 이해를 못하는 것 같았단다.

너도 절대로 이해를 못하겠지?

그래서 아빠가 녀석에게,
"동업은 무척 힘든 것이란다. 많은 사람들이 동업을 하는데 거의가 잘되면 잘되는 대로 서로 욕심을 부리다 초심이 깨져서 헤어지고, 어려우면 어려운 대로 한 놈씩 떨어져 나가 팀이 깨지고 마는 것이 동업이란다. 그러기에 서로 고생고생하다 결국 회사는 망하고 때로는 그 빚으로 인하여 서로 교도소행은 되었어도 서로 한마음이 되어 노력하다 거기까지 갔지만 비록, 사업적으론 실패했지만 그보다 더 큰 인간관계에선 성공했다고 할 수 있을 것이다. 그리고 그 팀은 또다시 함께 사업을 한다면 그때는 실패보다 성공의 가능성이 더 높을 것이다."
라고 이야기하니 그제사 아빠의 말을 이해하는 것 같더구나….

지금의 사람들에게는 절대로 이해하지 못하는 아빠만의 궤변이겠지만……ㅋㅋ
나중에 이가 썩을지라도 당장의 단것만 좋아하는 것이 요즘 세상이니…ㅎㅎ

초심을 잃지 않는 인간관계!
그 무엇보다도 아름다운 것 아니겠니.

초심을 잃지 않는 사람, 무게가 있는 사람이기도 하겠지.
오늘 네 몸무게를 100kg으로 올려 보는 건 어떨까…? ㅎㅎㅎ

무게 있게 시작하는 한 주가 되거라….

2013년 9월 24일 오전 07:11

JS야,

　오늘 아침 옥상의 하늘은 진한 구름으로 가득하구나.

　그동안 맑은 하늘만 구경했으니 이제 어두운 하늘 구경도 하라는 듯… 바람도 제법 강하게 불고 있구나.

　오늘 아침엔 옥상에 새 손님이 왔단다.

　젊은 여성으로 회사를 다니고 있는데, 이제부터 운동을 시작해 보겠다고 줄넘기를 가지고 왔단다.

　그래서 아빠가 그 여성이 자리 잡은 곳에는 담배 피우러 오는 사람이 많은 곳이니 여기 와서 하라고 적당한 장소를 안내해 주니 고마워하는구나.

　그리고 자기는 강아지를 많이 키우고 있다 하여 그럼 운동을 하러 올 때 강아지도 모두 데려와 운동하는 동안이라도 이곳에서 마음껏 뛰놀게 하라고 하니,

　"어머, 정말 그래도 돼요?" 하기에

　"그럼, 강아지들로 좁은 곳에만 있게 하지 말고 아침에 이 넓은 곳에서 뛰어놀게 하면 얼마나 좋아하겠니!"

　라고 말하니 너무 좋아하더라.

　그리고 나서 아빠가,

　"이제부터 아침마다 운동을 하려면 한 가지 중요한 것이 있단다. 많은 사

람들은 무엇을 하려고 마음을 먹고 시작은 하지만 얼마 안 돼서 그만두고 마는 것이 대부분이란다. 그러니 운동을 시작하기 전에 자기 자신의 마음하고 약속을 하고 시작하거라. 자기 자신하고의 약속은 가장 중요한 약속이기에 그 약속을 지키지 못한다면 사회생활에 있어서도 별로 만족하지 못한 생활을 할 수밖에 없단다."

라고 말해 주었단다.

'자기 마음하고의 약속!'

살아감에 있어 그 약속을 소중히 한다면 항상 즐거운 삶이 너하고 함께할 것이란다.

남하고의 약속, 그 약속도 자신과의 약속으로 시작한다는 것을 잊지 말거라.

오늘은 아빠가, 첫 번째 공격을 하러 가는 날이란다.

그래서 기분 좋은 날!

너도 네 자신과의 몇 개의 약속을 만드는 기분 좋은 오늘이 되거라.

2013년 9월 25일 오전 07:37

JS야,

오늘 아침의 옥상은 제법 쌀쌀하구나.

서쪽 하늘엔 며칠 전까지만 하여도 둥글고 큼직했던 보름달이 이제는 못생긴 하현달이 되어 진한색의 구름에 숨었다 나타났다 하는구나.

그리고 동쪽 하늘엔 전체가 시커먼 구름으로 가득하구나.

어제 아빠에게 아빠의 몸을 이렇게 만든 원인이 된 분노를 만들어 준 놈에게 공격이 시작되어 S 경찰서에 갔었단다.

그곳에서 몇 년 만에 교활한 자를 만날 수 있었단다.

그러나 몇 년 새 마르고 부쩍 늙어 버린 그를 보자 아빠는 순리라는 말이 떠오르면서 그 녀석의 측은한 모습에,

"빌어먹을 놈!"

말 한마디만 하고, 분노를 지워 버리고 그냥 나와 버리고 말았단다.

그 옛날, 산에 올라가서 졸졸 흘러 내려가는 시냇물을 하염없이 보면서 '어떻게 저렇게 오랜 세월 맑고 깨끗하게 흘러가기만 하는 것일까?' 하는 생각을 하다가 그것이 순리일 것이라는 생각을 한 적이 있었단다.

만일 저 물의 순리가 깨져서 위로 올라간다든지 아니면 흐르지 않고 고여 있다면 저렇게 맑지가 않을 것이다 하는 생각을 하면서…….

마찬가지로, 사람도 순리를 저버린 행동을 한다면 결코 행복할 수가 없다는 것이 그를 보면서 새삼 느낄 수 있었단다.

맑고 맑은 물이 하염없이 흘러가는 시냇물처럼 사람도 순리를 지키며 산

다면 그 시냇물처럼 맑은 마음을 영원히 지닐 수 있지 않을까?

창밖에는 시커먼 구름이 가득하구나.

하지만 맑은 마음이 가득해지는 오늘 되거라…….

2013년 9월 26일 오전 07:02

JS야,

오늘은 아빠가 아직 옥상에 오르지 못했구나.

의자에 앉아 깜빡 존 아빠의 얼굴 위로 창밖에서 강한 햇빛이 들어오고 있는 바람에 눈이…….

문뜩, 예전의 낭인 시절처럼 산에나 가고픈 생각이….

갑자기 모든 것이 싫기만 하구나.

어젯밤엔, 집념, 증오, 실망, 사랑, 미움, 위선, 혼란, 물질, 동정…, 이러한 사람과의 관계에 있어 생길 수 있는 모든 단어를 하룻밤 짧은 시간에 겪은 것 같단다.

거기다 마지막엔, 이 아빠가 불쌍한 동정의 대상이 된 기분까지….

요즘 세상!

이해, 순수, 존중, 이런 단어는 모두 실종된 느낌이란다….

무슨 일이냐구?

응…! 어제의 불쌍한 녀석 문제와 또 지금의 아빠에게 집념을 버리지 못하는 또 한 사람…, 갑자기 이 나이에 평생 동안 한 번도 겪어 보지 못한 어떤 그지 같은 생각이…….

너에게 글을 쓰다 보니 바보 같은 아빠가 보이는구나.

조그만 일 하나 가지고 옥상을 포기하다니….
작은 것 하나도 큰 것을 만드는 중요한 구성원이라는 것도 잊어버리다
니….

오늘 창밖에서 보는 하늘은 청명하고 맑기만 하구나….
'맑은 인간관계란 어떤 것인가?'라는 것을 생각해 보는 오늘이 되거라….

이 글, 어떤 한 여인도 보았으면 좋겠단다…….
스쳐 가는 어떤 생각!

어쩌면 내가 너무 예민한 걸까? 생각에 따라서는 아무것도 아닌데….
미안하다…….

늦었지만, 아빠는 이제라도 옥상엘 가야겠구나…….

2013년 9월 29일 오전 08:50

JS야,

창밖엔 가는 가을비가 잔잔히 내리고 있구나.

아침에 내리는 비는 대부분 을씨년스러운 기분이 드는데 오늘 아침 내리는 가을비는 오히려 마음을 차분하게 하여 주는구나.

어제저녁, 우리 딸과 함께한 시간도 즐거웠단다.

이제 이 글이 당분간 이 옥상에서 아침에 너에게 쓰는 마지막 글이 될지도 모르겠구나.

아빠가 너에게 해 주고 싶은 옥상의 마지막 말은 언젠가 아빠가 인생은 파도와 같다고 한 적이 있었지.

파도가 항상 올라갔다 내려갔다 하듯이 우리 인생도 즐거울 때가 있으면 슬플 때가 있고 힘들 때가 있으면 또 편안할 때가 있듯이…….

하지만 그것을 지혜롭게 살아가는 한 가지 방법이 있단다.

삶이나, 사회생활이나, 또 사업이나….

여기, 큼직하게 엉클어진 실이 있단다.

사람들은 엉클어진 실을 보면 아예 버려 버리거나, 풀다가 잘 풀어지지 않으면 귀찮아서 버려 버리거나 아니면 그곳에서 끊어 버리고 다시 풀어 나간다거나….

허지만 노력과 인내를 갖고 끝까지 풀어 나가면 그 실타래는 모두 풀리듯이 인생도 또 사업도 모두 성공하는 인생, 성공하는 사업이 된다고 아빠는 생각한단다.

그것은 엉킨 실뭉치를 풀기 위해서는 노력과 인내, 그리고 끝까지 가면 풀린다는 믿음이 있음으로 가능할 것이기 때문이고, 사람의 삶도 노력과 인내 그리고 믿음이 있다면 거친 파도와 같은 삶도 잔잔한 파도와 같은 삶으로 만들 수 있기 때문인 것이다.

또 한 가지 중요한 것은 올바른 가치관에 의한 판단력이란다.

근자에 떠들썩한 모 국가기관장의 혼외 아들 뉴스를 보면서 아빠는 다시 한번 이 사회의 모순을 보고 있단다.

모두들 '그것이 사실이냐? 아니냐?'에 관심을 갖고 그것에 대한 비난에만 열을 올리는데, 아빠는 그것이 사실일지라도 그 사실에 대하여서는 비난을 하고 싶지 않단다.

그것은 사람이기에 실수도 할 수 있고 또한 때로는 순수한 사랑에 의한 결과로 생각할 수 있기에 비난하고 싶지 않단다.

하지만 그 말이 사실이라면 아빠는 당사자에 대한 분노를 지울 수 없구나.

그 말이 사실이라면 그리고 아빠가 그 사람 입장이었다면, 모든 것을 다 잃는 한이 있더라도 그 말이 나왔을 때 당당히,

"맞다, 그 애는 내 자식이다."

라고 말하였을 것이다.

그래야 소중한 내 자식을 보호할 수 있기 때문이다.

지금 아빠는 원인이 된 한 명의 자녀가 애비로부터 매장 당하고 또 사회로부터 돌팔매를 받는다는 것에 대한 분노가 치미는구나.

언론도 마찬가지이다.

아무리 알 권리를 내세우며 이런저런 폭로를 일삼는 것이 언론이라 하지만 원인 당사자로 인하여 순수한 어린 자식이 상처를 입고 만다면 이것은 살인이라는 것과 무엇이 다르겠느냐?

이것이 과연 지식과 정의를 내세우면 잘난 체하는 언론의 가치일까?

어린 한 생명의 장래는 생각지 않는 언론의 횡포, 자신의 위치를 지키고 저 자기의 자식을 매장하는 당사자, 그것을 보고 흥미로워하는 모든 국민, 모두들 여기서 가장 소중한 비참하게 버림받은 어린 자녀를 우리는 생각해 보아야 할 것이란다.

우리 딸!

올바른 판단, 희생 노력, 인내, 관용이 있는 삶을 부탁하고 싶구나.

사랑한다.

2014년 5월 17일 오전 05:40

JS야,

오랜만에 우리 딸에게 글을 쓰는구나.
허지만 오늘은 아빠의 옥상이 아니라 휑한 이곳 광주의 공장이란다.

며칠 전 네가 온 것보다 더 반가운 선물이 왔구나.
빵, 과자, 물김치, 계란, 우유 등등….

고맙다….
헌데, 구름 과자가 빠진 건 조금 서운했단다…ㅎㅎㅎㅎㅎ

잘 지내니?
우리 막둥이는?
그리고 넙죽이는?
넙죽이는 요즘도 가끔 꺾어져 들어오니?
너한테 이 글 쓴 거 알면 또 인상을 쓸 텐데……ㅋㅋㅋㅋ

그래도 지난번 아빠가 어려웠을 때 도와준 건 고마웠단다.

요즘 아빠는 수백 명의 사람들을 만났단다.
그러면서 또다시 서글픈 우리 사회도 다시 한번 만날 수도 있었단다.

과시, 교만, 위선, 등과 함께 수많은 어려운 현실을 볼 수 있었구나.

레고 블록을 쌓아 가는데 이제는 딱딱 들어가지 않는 불량 레고 블록도 상당히 많은 것 같더구나.

하기사 아빠도 이제는 불량 레고 블록이 되어 버리고 말았으니…ㅋㅋㅋ

사람들 중에는 있다고 과시하는 것보다 조금은 감추는 것이 좋았을 텐데…, 그러면 정말 괜찮은 사람인데 하는 사람도 있고, 조금 안다고 교만한 사람, 그건 아는 것이 아닌데……, 그 아는 것에 겸손이 들어가면 그 안다는 것이 더 빛이 발한다는 것도 모르면서…ㅎㅎ 그렇지?

여하튼 수많은 사람들을 만나면서 또다시 변한 사회를 볼 수 있었단다.

그래도 다행히 좋은 사람들도 만날 수 있었고, 그래서 아빠의 마지막 프로젝트인 '꿈'은 이제 거침없이 하프라인을 넘고 있단다….

요년!
아빠에게 구름 과자 사다 주지 않은 것이 얼마나 오래되었는지 알고는 있겠지!
매일매일 바쁘겠지만 그것만은 꼭 기억하거라…ㅎㅎㅎ

성모의 성월이 있는 아름다운 5월도 이제 하프라인을 넘었구나….
아름다운 계절의 화창할 것만 같은 주말!

즐겁게 보내거라.

사랑한다, 우리 딸!

2014년 5월 25일 오후 03:21

JS야,

오늘 이곳 광주의 날씨는 비가 오락가락하며 심통을 부리는 날씨구나.

반가운 네 전화를 받고 나니 꿀꿀한 날씨 때문에 우울했던 마음이 가벼워지는구나.

자칫했으면 반가운 전화! 받지 못했을 텐데……ㅎㅎㅎㅎ

왜냐구?

요금을 안 내서 현재까지 발신정지 상태였는데 어제 메시지가 와서 오늘부터는 수신도 정지된다고 하더구나…ㅋㅋㅋ

'아빠! 휴대폰 요금도 못 내고 있어?'

하며 놀랬지!

'휴대폰 요금이 얼만데?'

아니야, 아직 아빠 주위에 아빠가 사기 칠 만한 사람 몇 명은 있단다…ㅋㅋㅋㅋ

이것은 아빠 몫… 후후후 ^^*

그리고 또 하나의 휴대폰이 있고, 지금 아빠는 아빠의 휴대폰 요금보다 더 중요한 것이 많이 있단다.

아직은 수입이 없는 상태이기에 아빠의 휴대폰 요금보다는 직원들 식대,

커피, 공과금 등등이 더 중요하단다.

많은 사람들이 도와주는 소중한 돈!

아빠의 휴대폰 요금은 급한 게 아니란다.

크크, 그 전화 대부분 빚쟁이들 전용이기에 빚쟁이들이 아빠에게 전화하면 통화 정지 멘트가 나가니, 아! 지금 돈이 없구나 하고 아빠가 얘기하지 않아도 되니 얼마나 편하냐….

아빠, 헌데 왜 나에게는 새 전화번호 안 가르쳐 줘!!

크, 너도 빚쟁이거든 ㅎㅎㅎㅎ

오늘 네 전화를 받고 나니 좋은 일만 생기는구나.

아빠 혼자 있으면 항상 1시 넘어서 점심을 먹었는데 오늘은 12시가 조금 넘어서 식사를 시작했단다.

그러면서 거의 보지를 않는 TV를 켜니 아름다운 합창 소리가 들리는 거 아니겠니.

보니, KBS의 〈하모니〉라는 프로더구나….

어린이부터 성인들까지 참여한 합창단의 노래 부르는 모습에 2~3분의 아빠의 번개 식사 시간이 1시간을 넘었단다.

근래 우리 사회에서 볼 수 없던 아름다운 모습에 그래도 산다는 것이 행복하다는 것도 느낄 수 있었단다.

입양아들로 구성된 합창단, 자폐아들로 구성된 합창단, 몇 번의 암수술로 고통을 받고 있을 것 같은 지휘자, 허지만 노래를 부르는 모습에는 어떠한 조그만 그늘도 없이 밝고, 맑고, 그리고 모두가 아름답고 행복한 모습들이었단다.

또한, 그것을 보고 있는 방청객들의 표정도 하나같이 밝기만 하였고……

언젠가 아빠가 '음악은 마법과도 같은 것이란다'라고 한 말 생각나니?

우울할 때 음악을 들으면 행복하고, 식사할 때도 음악이 있으면 음식이 즐겁다고 한 말!

오늘 아빠는 최고의 오찬을 아빠 혼자 즐겼구나.

〈메기의 추억〉, 〈오빠 생각〉 등의 정다운 노래 속에 아빠도 문득 〈푸른 잔디〉라는 그 옛날 어릴 적 즐겨 부르던 동요가 생각나는구나.

"풀냄새 피어나는 잔디에 누워 새파란 하늘과 흰 구름 보며~~~~"

비록 우중충한 꿀꿀한 날씨지만 아마도 이 아름다운 노래를 들으면 해님도 보이고 우리 '진상'의 마음도 밝아지지 않을까?

즐거운 휴일 보내거라.

2014년 6월 8일 오후 06:13

JS야,

이곳 광주의 하늘은 하루 종일 흐리기만 하구나.
강동도 여기서 지척이니 비슷하겠구나.

한강 고수부지나 올림픽공원에서 그 누구보다 빠르고 씩씩하게 걷던 아빠의 걸음을 잃어버린 지도 이제 벌써 3년이 지났구나.
아무것도 아닌 걷는다는 것, 보통 사람들에겐 그 아무것도 아닌 것이 지금의 아빠에겐 그것도 소중하게만 느껴지는구나.
모든 걸 잃은 지 3년, 휴일 저녁, 조용한 광주에서 혼자 지난 3년을 그려 본단다.
비록, 육체적 고통의 3년이지만 지나간 3년을 그리는 아빠의 입가엔 미소가 흐르고 있단다.

겨우 기어다니는 아빠에 대한 부담을 가족에 주기 싫어서 혼자 떠나기 위해 미친놈처럼 가족들과 싸운 것이 3개월, 그리고 반지하 골방으로 혼자 나와 기면서 가장 쉬운 라면만 끓여 먹은 게 3개월, 이후 너에게 아빠의 노트북을 가져다 달라고 하여 왼손만으로 너희들을 위한 카페를 만들어 아빠의 지나간 이야기와 음악을 올리면서 보낸 것이 1년, 그동안 이 불구자가 왼손 하나로 쓴 글이 책 3권의 분량이나 되고, 카페에 올린 음악이 12,000곡이나 되었단다.

지금은 그 카페를 폐쇄하면서 다음(Daum)에 다운로드를 하여 달라고 하여 가끔 보고 듣고, 일부는 블로그에 옮겨 놓고……, 지금도 가끔 그 글을 보노라면 입가에 미소가 만들어진단다.

그리고 도저히 이대론 죽을 수 없다고 결심하고 프로젝트를 만들기 시작하여 그동안 기면서 특허청에 다니면서 출원한 특허가 12개, 그리고 맨주먹으로 이곳 황량한 광주에 와서 도전을 시작한 것이 벌써 반년이 넘었구나.

비록, 몸은 불구지만 그리고 또 불구이기에 그러기에 '초지일관'과 '거침없이'란 아빠가 제일 사랑하는 말은 불구의 오기로 정상적일 때보다 2배 이상의 위력을 발휘했단다.

그리고 얼마 전에 서울로의 입성을 위하여 송파에 200평짜리 사무실도 계약을 했단다.

지금은 10여 명의 직원이지만 한 달 뒤엔 100명 이상과 함께 '행복한 나의 집'을 만들 것이란다.

아빠의 이 승부의 목표는 너희들에겐 섭섭하겠지만 돈이 아니란다.

이 회사는 지금 함께하는 그리고 앞으로 함께할 모든 직원들에게 나누어 줄 것이란다.

너희들에게 줄 것은 돈보다 더 소중한 '이것이 아빠란다'라는 것을 보여주는 것이란다.

70이(이 글을 쓸 당시) 가까워 오는 걷지도 못하는 뇌경색 불구자가 해냈다는 것!

이것이 아빠 승부의 최종 목표란다.

마음만 있으면 '무지개 저 너머'로도 얼마든지 갈 수가 있다는 것!

이것이 돈보다 더 소중한 것 아니겠니?

보내 준 모이 잘 받았단다. 헌데 받는 사람 전화를 통화 정지된 아빠의 전화번호를 적어 배달하는 분이 애를 먹은 모양이더구나……ㅎㅎㅎㅎㅎ

헌데 이번엔 아빠 커피가 없더구나, 섭하게….

고양이 먹이는 잔뜩 보내구서…. 흉악한 진상!

연휴의 마지막 휴일 저녁!

즐겁게 보내거라.

사랑한다, 우리 진상…….

2014년 6월 16일 오전 05:15

JS야,

즐거운 주말 잘 보냈니?
이곳 광주의 새벽은 아직도 제법 쌀쌀하구나.

창밖의 숲 사이로 간간이 보이는 하늘은 오늘도 맑을 것 같구나.
창 바로 앞 나무 위에서 '야옹 야옹' 소리가 나기에 보니 개구쟁이 우리 앨리가 나무 위에 있다가 아빠를 보며 반갑다고 부르는구나.
반갑다고 부르는 건지 먹을 걸 달라고 조르는 건지는 모르겠지만…, 이젠 시끄러울 정도로 '야옹'대는 걸 보니 그지 같은 놈이 반가운 것이 아니라 빨리 먹을 것을 내놓으라고 조르는 것 같구나.

이번 주부터는 아빠 거친 파도의 중심 속을 헤쳐 나가는 시기의 시작이란다.
〈인디아나 존스〉와 미국 개척 시대에 서부들은 '엘도라도'로 있는 황금을 찾아 떠났지만, 아빠는 황금을 만들기 위하여 떠나고 있단다.

하지만 예전과는 많이 달라진 현실의 여건이 과연 무사히 목적지까지 도착할 수 있을는지 하는 것도 있지만,
그것 또한 풀어야 할 방정식이라면 그 x도 풀면서 나갈 생각이란다.

그 현실의 여건이란 사회가 주는 현실 속에 있는 함께하는 사람들의 의식 이란다.

그래도 예전엔 진실의 노력이 통하였지만 요즘 세상은 노력 없는 이익을 추구하려는, 그리고 상대방과 함께 생각지 않고, 자기 위주로만 생각하여 판단하는 모순이 가득하기만 한 것이 가끔은 아빠를 우울하게 만들기도 하 단다.

그러나 그러한 장벽도 아빤 '거침없이'란 아빠가 가장 사랑하는 말로 부수 고 또는 고치고 하여 나왔고 앞으로도 그렇게 헤쳐 나갈 것이란다.

이제 이 시원치 않은 아빠가 이 모순이 가득한 사회의 거친 파도를 멋지 게 헤쳐 나가는 것을 지켜봐 주렴.

크, 우리 진상에게 큰소리를 쳤으니 이젠 그야말로 할 수 없이 거친 파도 를 건널 수밖에!

오늘 누가 속상하게 하면 그것을 오히려 기쁨을 만들 수 있는 하루가 되 거라…….

한 주의 시작을 멋지게…….

2014년 7월 6일 오후 09:24

JS야,

이번 주말은 네가 워크숍을 가는 바람에 네 얼굴 못 보는 건 괜찮지만 너에게 구름 과자를 받지 못하는 건 섭하구나…^^*

오늘은 가락동 사무실의 늦은 밤에 그 옛날의 Pop을 들으며 오늘 하루의 피로를 풀고 있단다.
내일은 그동안의 수많은 방정식의 결과를 실행하는 날이란다.

작업 인원까지 20여 명의 직원은 내일 새벽부터 비상이란다.
이제 드디어 아빠의 '행복한 농산물'이 우리 가정에 첫선을 보인단다.

오늘 아빠는 하루 종일 '행복한 농산물' 쇼핑몰을 점검하고 또, 안드로이드와 아이폰 마켓에서 애플리케이션을 점검하고 ARS 점검 등, 그리고 농산물의 구매 상황과 배달 계획, 또 광주 공장의 작업준비 상황 체크 등 이곳 가락동 사무실은 통제 본부가 되어 하루 종일 정신이 없었구나.

이 늙은 불구자의 계획을 믿고 따라 준 젊은 직원들에서 임원들까지 너무도 고마워서 아빠의 고통은 오히려 즐겁기만 하단다.

광주에서 이곳 가락동 사무실에 온 지 이제 1주일이 넘었구나.

그동안 아빠를 괴롭힌 것이 딱 한 가지가 있었단다.

이 나이에도 지금까지의 습관인 하루만 입으면 갈아입어야만 하는 속옷과 겉옷의 세탁 문제였단다.

쌓여만 가는 빨래가 매일매일 아빠를 괴롭히면서 빨리 세탁기가 있는 광주 공장에 다녀와야 하는데 하면서 마음을 무겁게 하였단다.

그런데 오늘 새벽 문득 떠오른 생각!

내가 왜 이리 바보일까?

빌어먹을, 그냥 빨면 되는 것을…….

하고서 새벽에 화장실에 산더미 같은 빨래를 가지고 가서 한 손으로 이를 악물고 고통 속에 빨래를 마치고 나니, 그동안 아빠를 괴롭혔던 놈은 연기처럼 도망가고 날아갈 것만 같은 기분이었단다.

이렇게, 사람이 살아감에 있어 생각을 바꾸면 아무리 어려운 일이라도 풀어 나갈 수 있는 길은 얼마든지 있단다.

'칫 멍청한 아빠! 아빠도 일주일 동안 고생을 했으면서…ㅋㅋㅋㅋ'

이제 모든 준비를 마친 지금, 그 옛날 종로의 '허허', '장안' 등 음악다방에서 듣던 정겨운 팝들이 하루의 피로를 씻어 주고 있구나.

이제 우리 가정과 농민들의 꿈을 만들어 줄 '행복한 농산물'의 앞날을 기원해 주렴….

주일 밤, 편안함이 가득하거라.

내 딸아!

2014년 12월 7일 오후 12:09

JS야,

오랜만에 너에게 글을 쓰는 것 같구나.
내가 강동에 다시 온 지도 벌써 한 달이 훌쩍 지나갔구나.

며칠째 겨울다운 한파가 아빠의 나이를 실감케 하는구나.
예전엔 겨울 산을 좋아했던 아빠는 혼자 깊은 산속에 들어가 그 추운 산속에서 며칠을 지내도 상쾌하기만 했었는데, 이제는 손이 얼면 종이 한 장 잡을 수 없는 중병의 노인이 되었구나.

2년여의 긴 시간 동안 만들어 놓은 행복한 농산물과 파워 레디 프로젝트!
수많은 참여 희망자 중 나름대로는 괜찮은 사람들이라고 참여케 하여 몇 번의 경영 팀을 만들었으나 이 사회의 습성이 몸에 밴 대부분의 사람들에게 따뜻한 한마음의 공동체를 만든다는 것이 불가능하게만 여겨지는구나.

오는 사람들마다,
'발끝을 보지 말고 먼 앞을 보아라. 발끝만을 보면 잔머리와 걱정만 보이지만 먼 앞을 보면 희망과 행복을 볼 수가 있다.'
라고 수없이 말하지만 모두가 근시안들인 것만 같구나,

매일매일 일로 인한 어려움보다 사람으로 인한 고통이 더욱 아빠를 괴롭히고 있구나.

허지만 이럴 때의 아빠 오기는 '그래, 어디까지 가나 보자.' 하면서 투지를 만든단다.

하지만 끝까지 함께하는 사람들의 고생하는 모습을 보노라면 항상 마음의 무거움은 아빠를 힘들게 한단다.

그래도 아빠는 매일매일 프로젝트를 만들어 나간단다.

수많은 방정식!

아직도 그 방정식을 아빠의 끈기와 머리로 하나하나 풀어 나가고 있단다.

프로젝트의 추진은 그 근본적인 문제보다 현 모순과 위선의 사회가 항상 장벽이란다.

어제 퇴직한 모 장관이 청와대를 비난하는 말을 하였다는 방송을 보았다.

사회의 지도층이라는 사람들까지 당시는 말 한마디 못하다가 쫓겨나면 봇물 터트리듯 비난의 말을 하고…

예전의 모 기업의 변호사도 해당 기업으로부터 오랜 시간 많은 대우를 받고 근무하다가 쫓겨나자 비난의 폭로전을 벌리고….

이것이 현 사회이니 마지막 희망을 갖고 이 프로젝트에 참여한 사람들, 어쩌면 작은 우려의 말도 크게 느낄 수밖에 없는 것이 어쩌면 정상일지도 모르겠구나.

오늘도 아빠는 '그래, 올 테면 아예 무더기로 얼마든지 와 봐라!'라고 수많은 문제들에게 외치면서, 느긋하게 그 옛날의 캐럴을 듣고 있단다.

이곳 강동의 하늘은 아빠의 마음처럼 잔뜩 찌푸리고 있구나.
그 찌푸린 날씨도 예쁜 하얀 눈을 만들어 줄 수 있으니 그것도 고마운 것
이 아니겠니?

비록 사회는 그지 같지만, 눈이라도 내리면 멋진 젊은 낭만을 만들어 보
거라…^^*

2014년 12월 10일 오후 12:30

JS야

할 일 많은 아빠에게 연말이 너무도 빠른 속도로 다가오고 있구나.

3일이 남아도 남들은 '이제 3일밖에 남지 않았네.'라고 걱정할 때, 아빠는 '아직도 3일씩이나 남았네.' 하며 느긋하게 세월을 맞았는데, 이제는 많은 사람들과 함께하다 보니…, 그리고 연말까지 풀어야 할 방정식이 2.5t 트럭으로 한 트럭이나 되다 보니 아빠의 배짱도 조금은 긴장이 되는구나.

그래도 이 긴박한 상황에도 아빠는 어제 '알바'를 한 건 했단다.

아침에 병원을 갔다가 바로 특허청에 가서 우리 엄마들이 너무나도 좋아할 선물을 하나 만들고 왔단다.

매일 주방에서 사는 엄마들을 위하여 일을 하면서 운동을 할 수 있는 '지압 기능과 수세미 기능이 있는 주방용 장갑'이라는 신제품의 특허를 출원하고 왔단다.

어떠니?

아빠 머리! 비록 삭은 머리지만, 아직까지 쩐은 될 것 같지 않니?

지금 15층에서 보는 강동의 하늘은 누구의 마음처럼 잔뜩 찌푸리고 있구나.

금방이라도 흰 눈이라도 내릴 것 같은…, 우울한 일이 있으면 지금 아빠 회사의 카페에서 〈라팔로마〉를 들어 보거라.

컴퓨터면 동영상을 확대해서……

아름다운 현의 연주와 함께하는 관중들의 밝은 표정이 우울한 마음을 저 멀리 날려 줄 것이란다.

네 생일과 함께 가까워 오는 연말!
하루하루 소중히 보내거라.
사랑한다, 우리 진상!

2014년 12월 18일 오후 05:24

JS야,

매서운 추위가 오후가 되니 한결 누그러진 것 같구나.

아빠는 요즘 '지나치다, 지나치게'라는 말을 계속 생각한단다.

요즘 뉴스는 단연 어느 사건 하나로 난리들이구나.
아빠는 매일 그 뉴스를 접하면서 또다시 이 사회의 역겨움을 보아야 하는구나.
우선, 잘못은 절대적으로 이 사건의 장본인인 당사자일 것이다.
처음은 그 당사자의 행동에 '그러면 그렇지 이 사회의 조금 권위 있다는 자들의 행동들이 모두 그런 걸…' 하는 생각과 함께 역겨운 마음이 들었단다.

그러나 시간이 지날수록 그 뉴스는 식지 않고 당사자를 여론 몰이식으로 몰고 가는 언론과 수사기관 등에 또다시 역겨움을 느끼고 있단다.
그리고 또 방송에 나온 오랜 세월 당사자의 도움을 받으며 함께했던 사람과 방송의 취재가 또 다른 역겨움을 만들었단다.

시간이 지날수록 아빠는 오히려 당사자에게는 측은한 마음마저 든단다.

정식재판 이전에 우리가 비난하는 공산주의의 인민재판보다 더한 여론 몰이 재판으로 그래도 여자인 한 사람에게 잘못을 하였다고 하여 모두가 돌팔매질을 하는 지금 모두의 행태가 정말 정당한 것인가를 한 번쯤은 생 각하여 보는 것이 어떨까?

또한, 당사자 회사로서 수사기관의 조사를 앞두고 회사에게 유리하게 회 의를 하고 전략을 짜는 것은 어쩌면 당연한 것이다.

그것을 비난하고, 또 죄로 만들고, 그리고 알 권리라는 미명 아래 회사의 직원을 방송으로 불러들여 그래도 지금껏 몸담았던 회사를 비난하게 하고 또 당사자 또한 무슨 영웅이나 된 것처럼 비난의 폭탄을 터트리고, 의리라 는 단어는 완전히 실종시켜 버리는 당사자와 방송의 작태에 또 다른 분노 가 아빠를 괴롭히는구나.

사과의 쪽지가 메모 종이에다 성의 없이 써서 분노가 난다느니…, 만나러 간 사람이 만나지 못할 것을 예상하고 고급 종이에 정성껏 써 가지도 않았 을 터인데…….

코에 걸면 코걸이, 귀에 걸면 귀걸이 식의 말, 말, 말….

지금의 아빠는 그 사건의 당사자는 이미 받아야 할 형벌은 다 받았다고 생각한단다.

그리고 그 사람에 대하여 측은한 마음마저….

지나치지 않고 적당한 것, 이것도 우리 사회에 꼭 필요한 것이 아닐까……?

차가운 날씨가 계속된다고 하는구나.

그래서 아빠가 열을 좀 냈단다.

미안하다.

오늘, 빨리 퇴근하여 즐겁게 보내거라.

2014년 12월 25일 오전 07:59

JS야,

생일은 즐겁게 보냈느냐.

성탄절 이 시간!
저 멀리 산등성이에서 밝은 태양이 천천히 올라오고 있구나.
오늘도 힘차게 솟아오르는 저 밝은 태양이 아직 살아 있구나 하는 기쁨을
주고 있구나.

요즘 아빠는 사무실은 거의 나가지 않고, 가끔 이 사람 저 사람들을 만나
면서 모처럼 아빠의 삶이 아닌 사회를 만나고 있단다.
과정에 '사람은 왜 사는 걸까?' 하는 생각이 문득 나는구나.
요즘 거의 모든 사람들은 많은 걱정을 안고 있으면서 어렵고 힘든 삶들을
사는 것만 같구나.
아마도 아빠처럼 힘들고 어려운 사람은 하나도 없을 텐데……^^*
아빠가 항상 하는 말!
발끝만 쳐다보지 말고 살라는 이 말을 현대를 사는 모든 사람들은 도저히
이해를 못하는 것 같구나.

오늘 성탄절!
예수님은 2014년 전 그 추운 구유에서 태어나셨지만 이렇게 수많은 사람

들에게 사랑을 주시고 계시는데, 요즘 사람들은 조금만 어려워도 그 어려움을 더욱 크게 만들어 가면서 살고들 있는 것만 같단다.

이제 조금 더 떠오른 태양이 아빠하고 놀자고 아빠의 얼굴을 강하게 비추고 있구나.

저 힘차고 아름다운 밝은 태양!

그 태양은 어느 누구의 것도 아닌 우리 모두의 것이란다.

아래만 쳐다보지 말고 얼굴을 조금 들면 저 밝은 태양도 자기 것으로 만들 수 있는 것을…….

다시 한번, 발끝을 쳐다보고 있는 얼굴을 들고 지금 힘차게 솟아오르는 태양을 한번 보거라!

그리고 그 속에서 희망과 행복을 찾아보는 성탄절이 되거라.

Merry Christmas!

2015년 1월 1일 오전 08:35

JS야,

눈부신 태양이 강하게 창문을 때리는 새해 아침이구나.

주위 하늘은 뿌연 스모그로 맑지는 않지만 새해 아침의 태양은 뭔가 기분 좋은 한 해의 기운을 예고하듯 다른 어느 날보다 밝은 것 같구나.

풀지 못한 많은 숙제를 안고 연말을 보냈지만, 저 밝은 태양을 만나니 새로운 도약의 해에 대한 기분 좋은 자신감과 함께 용기가 만들어지는구나….

아빠의 금년 목표는 하루 24시간을 48시간으로 만들어 쓰는 일이란다.

그 첫 번째 일은 내일부터 함께하는 우리 '행복 가족'의 능력을 지금까지의 몇 배로 만들어 주는 일이란다.

그리고 몸으로 하는 일보다는 마음으로 일하는 한 해를 만들어 보려고 한단다.

행복이란!

어려움이 있기에 행복이란 단어도 있는 것이란다.

모든 것이 행복이라면 그 행복이란 것은 의미가 없는 것이 아닐까 하고 아빠는 생각한다.

어려움을 극복하고 어떠한 목표로 향하여 달리는 그것이 진정한 기쁨이고 그러한 삶이 진정한 삶이라고 생각한다.

'마음먹기 달렸다'라는 말, 지금의 모든 것이 불확실한 시대를 살고 있는 우리들에게 꼭 필요한 말이라고 생각한단다.

지금도 창밖에는 너무도 강한 햇살이 비치고 있구나.

새로운 새해, 저 변함없이 맑고 밝은 태양과 같이 희망이 가득한 금년을 만들어 보거라.

사랑한다, 우리 진상!

2015년 2월 1일 오전 08:02

JS야,

잘 지냈니?

새로운 달 2월의 시작이구나.

창밖으론 움츠러드는 차가운 대기 속으로 밝은 태양이 오만하게 솟아오르고 있구나.

새해가 바로 어제 같은데 벌써 새로운 달을 맞은 걸 보면 나이가 들면 세월의 속도가 빨라진다고 하는데 그 말이 맞는 모양이다.

아빠는 요즘 2개의 사회에서 살고 있단다.

50년 동안 변함없이 형님, 형님하고 찾아오는 동생들하고 함께하는 사회와, 아빠의 행복 프로젝트에 참여하기 위하여 오는 새로운 사람들과 함께하는 사회!

그 속에서 긴 세월 변함없이 형이라고 따르는 이제는 60대 중반을 훌쩍 넘은 삭은 녀석들과 함께하는 세상은 싱그러운데, 프로젝트에 함께하기 위하여 모인 사람들과 함께할 때는 때로는 현 사회의 모순된 모습 속에 떫은 감 맛을 느끼는 것과 같은 안타까운 세상을 보기도 한단다.

하지만 이러한 세상의 모순과 싸워 온 2년여의 긴 시간 동안, 아빠의 행복 가족 프로젝트를 만들겠다는 맨손의 오기는 이제 광주 공장, 가락동 사무실에 이어 과천 사무실을 만들었고 이제 2월 중엔 강남에 새로운 IT 분야의 도전을 위한 "파워레디" 사무실, 그리고 진천에 우리 농민들을 위한 물류센터까지 거침없는 기적을 만들어 가려 한단다.

모두가 불가능하다고 한 것을 아빠의 이 시원치 않은 몸은 한 걸음, 한 걸음 전진하면서 주위 사람들에게 경이로움을 만들어 주고 있단다.

이 얼마나 재미있느냐?

이것이 산다는 것 아니겠니?

동생 놈들이 올 때마다 아빠에게 하는 말이 있단다.

"형님, 왜 힘들어하시면서 이런 신경 쓰는 일을 하세요. 이젠 저희가 모실 테니 편히 쉬세요."라고 하면,

"야, 이놈들아 나는 다른 것은 없어도 커피와 담배는 있어야 돼! 그것만은 남에게 도움을 받지 않을 거야. 더욱이 이제 담뱃값도 올랐거든…ㅎㅎㅎㅎ ㅎ"

아빠는 지금 다시 한번 고개를 들고 먼 앞을 바라본단다.

그곳을 바라보노라면 이 '행복가족' 프로젝트가 완성된 후, 함께하는 수많은 사람들에게 행복을 주고, 우리 모든 국민들에게 기쁨을 주고 그리고 가장 중요한 아빠의 커피와 담뱃값 걱정을 하지 않게 된다면…ㅎㅎ 생각만 해도 기쁘고 힘이 나는구나….

주위 사람들은 이 프로젝트가 만들어진다면 기적이라고들 하지만, '아빠

는 승부란다.'

JS야, 살면서 어려운 일이 닥치더라도 절대 힘들어하지 말아라.
그 어려움을 즐기도록 하여라.
그러면 그 어려움이란 놈은 재미가 없어서 멀리 도망을 간단다….

이제 얼마 안 있으면 구정이구나.
지난 추석, 아빠가 쓰러진 후 몇 년 만에 아빠가 직접 운전하여 할아버지,
할머니를 뵈러 갔었는데 이번에도 또다시 할아버지, 할머니께 백합꽃 한
송이씩을 드려야겠다는 생각이 아빠를 기쁘게 하는구나.

새로운 달!
기쁘고 보람찬 새로운 달 되거라….

사랑한다, 우리 진상!

2015년 2월 15일 오전 07:42

JS야,

잘 지내고 있니?

이제 며칠이면 구정이구나.

황량하고 추운 광주 공장에서 혼자 구정을 보낸 것이 엊그제 같은데 벌써 구정이 다가왔구나.

서글픈 감정보다 아직도 내가 숨을 쉬고 있구나 하는 생각에 그저 감사한 마음뿐이란다.

설날이 다가오면, 언제나 너의 할아버지와 할머니 생각이 더욱 그리워진단다.

그 그리움에는 언제나 미소가 만들어지고…^^*

당시 우리나라의 최고 명문인 경기여고를 졸업하신 할머니는 나의 어머니이자 아빠의 영원한 친구이기도 하였단다.

아름다운 너의 할머니, 항상 어린 아빠를 앉혀 놓고 노래를 가르치셨지.

벌써 60년이 훌쩍 넘었구나.

〈들장미〉, 〈월계꽃〉, 〈희망의 속삭임〉 등등… 그 노래들, 아빠는 여섯, 일곱 살에 모두 할머니에게 배운 노래였단다.

그 음악은 아빠를 항상 보살펴 주기도 하고 또 항상 즐거움을 주기도 하였단다.

아빠가 거친 낭인 생활을 할 때, 동생 놈들이 "형님은 그렇게 무섭고 거치시면서도 음악을 좋아하시는 것이 이해가 되지 않아요."라고 하면, "미친놈들, 너희들도 음악을 귀에 담는 습관을 가져 봐라. 허면 주위의 사람들이 너희를 좋아할 테니."라고 말하곤 하였지.

그런 소중한 것을 아빠에게 주신 너희 할머니!

비가 억수같이 쏟아지던 할머니 장례미사가 치러진 성당에는 궂은 날씨임에도 그 지역의 노숙자 등 소외된 사람들이 가득 와서 성당 안과 밖에는 흐느끼는 소리가 가득했었지….

평생 봉사활동으로 고생하셨던 할머니였지만 그래서 아빠의 마음도 많이 아팠지만 지금 생각하면 그것은 고생이 아니라 바로 행복이었었다는 것을 이 멍청한 아빠는 이제야 그것을 느꼈단다.

너희 할아버지 역시 대한민국에서 가장 무섭고 강한 남자였지만 어려운 이웃을 보면 모든 것을 나눠 주시던 인정이 가득한 분이셨단다.

아빠는 지금도 아빠의 마지막 승부를 만들면서, 매일 할아버지를 만나고, 항상 음악 속에서 할머니를 만날 수 있단다.

그리고 그 힘으로 아빠의 이 몸으로 승부를 만들어 가고 있단다.

이제 며칠 뒤, 아빠는 또 반갑고 그리운 너희 할아버지와 할머니를 뵈러 가려고 한단다.

주위 사람들은 '그 몸으로 운전하시면 큰일 납니다.'라고들 하지만, 지난 추석에도 이 몸으로 운전하여 할아버지, 할머니가 계시는 용인 천주교 공원 묘지까지 다녀왔으니, 이번에도 어느 놈 차를 뺏어서 다녀올 계획이란다.

입구에 가서 그곳 화원에 들르면 항상 할머니를 볼 수 있단다.

예전에 할머니와 할아버지 산소를 갈 때면 항상 공원묘지 입구의 화원에서 꽃을 사셨기에 지금도 그 화원에 가면 할머니가 할아버지를 위하여 드릴 꽃을 고르시는 게 보인단다….

JS야!
며칠 있으면 설날!
바쁘게 살고 있느라 잊고 있었겠지만, 이때만이라도 다정했던 할머니의 모습을 그려 보는 것은 어떨까?

'아버님! 그리고 엄마!'
그때도, 지금도 사랑합니다.

2015년 2월 20일 오후 04:19

JS야,

어제는 설날!

남들은 모두 반가운 가족을 만나느라 설레는 날이지만, 평생 낭인의 생활만 하며 살아온 아빠는 생일이나, 명절에는 거의 혼자 산이나 아님, 바닷가에서 보냈는데, 어제는 네가 결혼할 남자 친구와 그리고 우리 막둥이까지함께 온 덕분에 남들과 같은 호사를 하였구나….

반가웠단다….

아빠가 너희 두 사람에게 해 줄 수 있는 건 '발끝만 쳐다보면서 살지 말고약간 고개를 들어 먼 앞을 쳐다보고 살아라.'라는 말이란다.

아빠는 20대에는 오른손 중지를 자르고, 40대에 교통사고로 경추가 다부서져 볼트로 조립한 목은 터미네이터와 같고, 당뇨, 고혈압, 고지혈증, 거기에 당뇨망막증으로 시력은 점점 잃어 가고……, 또 뇌경색으로 반신불수, 거기에 작년에는 심장 수술까지……. 후후후.

만약 아빠가 발끝만 보고 살았다면 아마도 육체의 걱정과 고통으로 하루도 살지 못하였을 것이란다.

하지만 먼 앞을 보면서 살기에 '그래 네놈들이(아빠의 병) 어디까지 가나보자.' 하고 생각하며 고통을 즐기면서 살고 있단다.

이제 내일모레면 70인 아빠는 이 몸으로 혼자 밥을 해 먹고, 집 안 청소를 하고 (아빠 항상 깨끗한 걸 좋아하는 건 네가 잘 알지) 매일매일 이 시원치 않은 아빠를 믿고 따라 주는 사람들을 위하여 사업 추진 구상을 하느라 24시간 짱구를 돌리고, (크, 생각하는 거…ㅎ) 그리고 하루에도 그 짱구에서 만들어진 수십 장의 사업계획서를 왼손 하나를 가지고 컴퓨터로 작성하고… 심심하면 새로운 특허도…ㅎㅎㅎ

또, 여기저기 카페에 다정하고 아름다운 사람들을 위하여 음악을 올리고…… 이렇게 아빠처럼 먼 앞을 쳐다보면서 살면, 자기의 마음만으로도 살아갈 수 있고 또 그 앞의 기적과 행복도 볼 수 있는 거란다.

오늘 간만에 너무도 좋은 날씨구나.

점심 식사 후 옥상에 올라 운동을 하고 심장 수술 후 의사 선생님이 앞으로 과격한 운동은 하지 말라고 하셨지만 그동안 쓸쓸히 있는 옥상의 아빠 역기대가 너무도 불쌍하여 오랜만에 역기를 들려고 누우니 새털구름이 떠 있는 높은 하늘이 아빠의 눈 속으로 들어오는구나….

'멋있구나!'

이제부터 열심히 운동해야지!

'그래야 네 결혼식 때 아빠가 너를 식장에 데리고 들어갈 수 있지 않겠니?'

네 신랑 감에게 아빠가 고맙다고 하더라고 전해 주렴….

아빠는 네가 평생 노처녀로 살 줄 알았는데…ㅋㅋ

사랑한다, 우리 진상!

2015년 3월 1일 오전 10:14

JS야,

결혼 준비 잘되어 가고 있느냐?

벌써 3월이구나.

이 시간 옥상에서 만나는 3월의 하늘은 잔뜩 흐리기만 하는구나.

'마치 아빠의 마음처럼!'

몇 년 동안 고생하여 만든 프로젝트!

이 프로젝트를 위하여 모여든 수많은 사람들!

거의가 고생 없이 프로젝트가 주는 가치만을 탐하는 것 같은 느낌에 항상 마음이 무겁기만 하단다.

지금 아빠는 차라리 청년실업 문제가 큰 사회문제가 되어 있는데, 그 고통받는 청년 수천 명을 모아 경영교육과 실무교육을 시켜 가면서 밀어붙여 볼까 하는 생각도 하여 본단다.

이 몸으로 강의를 제대로 할 수 있을지는 모르겠지만….

네 생각은 어떠니?

어제 아빠의 체중이 62kg대가 되었더구나.

2012년 12월에 복지부에서 체크할 때 79.8kg이 무려 20kg 가까이 줄었구나.

요즘은 점점 망가져 가는 아빠의 몸을 매일매일 느낄 수가 있는 것 같구나.

그러나 그 몸이 아직까진 아빠의 마음을 어쩌지는 못한단다.

그리고 아빠가 비록 이렇지만, 네 결혼식까지는 충분히 견딜 수 있으니
암 걱정 말아라.

창밖으로 간간이 햇빛이 스치고 지나가고 있구나.

이제 시작과 생기의 계절인 3월이다.

행복과 사랑 넘치는 새달 되거라……^^*

2015년 3월 19일 오후 05:55

JS야,

정신없냐? 달콤하냐?
어쩜 너에겐 평생에 가장 행복한 시간을 보낼 것 같구나.

오늘은 아침에 병원을 가는 날이기에 새벽부터 정신이 없었단다.
정리하고, 씻고, 몇 군데 카페에 음악 올리고, 업무 관계 메시지 보내고,
정신없이 움직이다 보니…….

다행히도 오늘 아침의 날씨는 '진품 봄 날씨!'
지금까지 집에서 병원에서 하루 종일 정신없었지만 간만에 봄날하고의
데이트는 무척 즐거웠단다.

이제부터는 또다시 준비하는 새로운 추진 계획에 대한 작업을 하여야 한
단다.

지난번 아빠가 지금 함께하는 사람들의 고생 없이 무언가만 바라는 모순
된 생각에 '빌어먹을, 차라리 뜻있는 젊은 친구들을 수천 명 모아 밀어붙여
볼까?'라고 한 말 생각나니?

ㅎㅎㅎ 생각하면 바로 실천하는 것이 아빠의 주특기 아니겠니?

지금 그 작전계획을 하나하나 준비를 하고 있단다.

젊은 인재들의 모집은 온라인이 아니고 오프라인 방식인 포스터를 붙이는 것으로 계획을 잡고 포스터 카피와 도안도 완성하였단다.

'왜, 온라인으로 하지 않느냐구?'

'아니야, 정보화 사회가 이제는 정보의 홍수 속에 오히려 그 확실치도 않은 마구잡이식 수많은 정보로 정보의 정확한 가치가 사라진 지가 오래란다.'

그래서 아빠가 지금 개발하는 App도 그러한 정보화시대의 모순을 제거하기 위한 App이란다.

포스터와 홍보 카페, 그 작업을 하면서…… 아빠가 수천 명을 모아서 강의를 하고 정예로 만들어서 사업을 추진해 나가겠다고 하니 전부 뭐라고 하는 줄 아니?

'우선, 100명, 200명만 모집해서 작게 시작하시면…….'

'아마 너라도 그런 생각이겠지. 항상 아빠보고 무슨 일을 할 때마다 우악스럽다 하였으니…ㅎㅎㅎ'

그래서 아빠가 그 사람들한테,

"100명이면, 한 달에 급여가 3억 원이고 일반관리비까지 하면 5억 원 이상의 수입이 있어야 한다. 하지만 100명으로 시작하면 초기에 5억 원이 아니라 단 1억 원의 수입도 불가능하다. 그러나 2,000명으로 시작하면 200억 원, 300억 원도 만들 수 있는 것이 사업이다."

라고 말하고,

'무서우면 내가 멋지게 만들 동안 나와서 방해하지들 말고 요즘 날씨도 좋은데 당분간들 쉬라고 하였지…ㅎㅎㅎ'

지금부터 아빠는 아빠 자신하고의 싸움이란다.

한 달 이상, 매일 하루 6시간의 강의를 말도 제대로 하지 못하는 아빠가 과연 제대로 해낼 수 있을까?

도리 없지.

〈삼손과 데릴라〉에서 데릴라에게 머리칼을 잘려 힘을 빼앗긴 삼손이 마지막에 궁전의 기둥에 양손을 대고 '주님 저에게 마지막 힘을 주십시오.' 하고 기도한 뒤 궁전을 부수었듯이 ㅋㅋ 아빠도 삼손이 되어 보도록 하겠다…^^*

아빤 지금부터는 강의자료를 만들어야 한단다.

요년아!

정신없이 바쁘겠지만 너도 젊은 세대이니 프로젝트 자료 카페에 들어가 꼼꼼히 살펴봐 주렴.

그리고 잘못된 곳이 있다면 지적 좀 해 주거라….

우리 진상!

날강도 같은 놈에게 빼앗겨 조금은 서운하지만, 사랑한다……!

2015년 4월 15일 오후 02:14

JS야,

4월도 벌써 하프라인을 넘고 있구나.

오늘은 이틀 동안 찌푸렸던 하늘이 자기도 미안했던지 화창함을 보이고 있구나.

며칠 전 네 엄마가 아빠 몫 청첩장을 가지고 왔더구나.

그 청첩장을 보니 정말 우리 진상이 결혼을 한다는 것이 실감이 나는구나.

크… 네 신랑이 자기 신부가 '진상'인 줄 알면 데리고 가지 않았을 텐데……ㅎㅎ

요즘 아빠는 무척이나 우울하단다.

프로젝트를 위한 젊은 친구들을 모집하기 위하여 수많은 젊은 세대들과 면담을 하고 있지만, 그들이 갖고 있는 가치관이나 모든 것이 아빠가 생각하고 있는 것과는 너무도 차이가 많이 나기에 실망뿐이란다.

아빠는 그래도 젊은 신세대들이기에 진취적이고 도전적일 줄 알았고 그래서 긴 시간 사회생활을 한 장년층하고는 다를 줄 알았는데 오히려 그들보다 더욱 이 위선과 모순의 세상에 푹 빠져 있는 것을 보아야 하였단다.

약속을 하고도 아무렇지도 않게 내던지고 시간관념도 무시되는 젊은 층의 한심한 사고에 우리나라의 참담한 내일을 보아야 했단다.

현재 온 나라가 청년실업을 걱정하면서 각종 정책을 내놓고 있지만 아빠가 보기엔 그것이 중요한 것이 아니라, 우리 청년들에게 올바른 가치관의 정립이 우선되어야 할 것 같은 생각이 드는구나.

올바른 가치관이 없는 사회에 그 수많은 정책이 무슨 소용이 있겠냐!

아빠는 면담을 하면서 시간 약속을 어기는 친구들에게는 모두에게 따끔한 한마디를 한단다.
"배움보다 중요한 것은 사람의 기본이다. 그 기본이 없다면 많은 배움이라는 것은 아무런 소용이 없는 것이다."
우리는 '너 자신을 알아라.'라는 말을 '소크라테스'가 한 유명한 말이라는 것은 누구나 알고 있다.
하지만 그 간단한 말대로 자기 자신을 아는 사람은 사회를 살아가는 많은 사람 중 단 한 명도 없는 것 같은 생각이 드는구나.
자기 자신을 알면 자기의 나쁜 점도 고칠 수 있고, 그러면 주위 모든 사람들이 자기를 좋아하게 되고 그러면 그것이 곧 행복임에도 사람들은 배움에서 그 말이 누가 한 말인 줄 알지만 그 말대로 실행을 하는 사람이 없다는 것이 점차 한심한 사회로 만들어 가는 것이란다.

이러한 실망 속에서도 그래도 반듯한 젊은이들을 만날 수 있고 비록 시간은 늦을지라도 아빠는 끝까지 포기하지 않고, 이 프로젝트를 만들어 나갈 것이란다.

그래서 여기에도 아빠의 '초지일관', '거침없이' 두 말은 빛을 발하고 아빠에게 힘을 주고 있단다.

사랑하는 우리 진상, 우리 주위엔 많은 사람들이 그저 무시해 버리는 소중한 것이 너무도 많이 있단다.

그 소중함을 항상 자기 것으로 만들 줄 알아라. 그러면 너의 결혼 생활에도 행복과 기쁨이 가득할 것이란다.

크…, 너 결혼하고 나면 앞으로 너에게 '진상'이란 말 절대 쓰지 않을게… ㅎㅎㅎ

2015년 4월 26일 오후 05:43

JS야,

오늘은 정말 화창한 날씨구나.
매일매일 바쁘게 살아가는 아빠도 오늘 같은 날씨, 그대로 보낸다는 것은 너무도 억울할 것 같은 생각이 드는구나.

아침에 옥상에 올라가니 내려오고 싶은 마음이 전혀 나지 않는구나.
분홍색과 하얀색의 진달래가 사방에 가득 자신들의 자태를 자랑하고 있고, 수많은 나무도 이제 점점 진녹색의 물감을 칠하고 있구나.

101층 롯데 빌딩서부터 사방 빌딩의 숲속에 있는 아빠의 공원이자 물리 치료실인 옥상!
오늘은 그 어느 교외가 부럽지 않구나.

한동안 옥상의 봄 안에 있던 아빠!

문득, 이 화창한 햇빛과 살랑대는 옥상의 바람을 그냥 나만 즐기기에는 너무 아깝다는 생각이 들어 '그래 한겨울 동안 처박혀 있던 놈들에게도 봄을 즐기게 하여 주자.' 생각하고 그때부터 또 아빠의 극성이 시작되었단다.
여름 옷, 이불, 등 모조리 꺼내어 세탁기를 돌리기 시작했고, 얼마 전 사다 놓고 귀찮아서 냉장고에 구겨 놓은 우엉대를 씻고 잘라서 햇빛에 말리고,

그리고 냉장고를 여니 이 사람 저 사람들이 사다 준 딸기와 오렌지가 점점 늙어 가는 것 같아 '그래, 이놈들은 오늘 잼이나 만들자.'라고 생각한 아빠!
안 보아도 그 뒤는 어쩔 것이라는 것을 너는 알 수 있겠지.

세탁기를 3번 돌리고, 두 달은 충분히 마실 수 있는 우엉을 자르고 말리고, 딸기잼과 오렌지잼을 만들고, 헌데 딸기잼은 그런대로 성공 한 것 같은데, 오렌지잼은 너무 사랑하다 보니 거의 엿 수준이 되고 말았단다…ㅎㅎㅎ

지금까지 연방 15층과 옥상을 오르락내리락하면서 오늘도 바쁜 하루를 보냈구나.

이제 또 아빠는 외출 준비를 하여야 한단다.
동생 놈이 오늘 자기 생일이라고 옛날 동생 놈들과 아빠를 자기 집으로 초대했단다.
그런 번거로운 것 아빠는 싫어해서 거절했는데,
"저도 그렇고 모두들 형님 안 오시면 서운해합니다. 저녁때 무조건 모두 형님 납치하러 갈 겁니다."
하여 태산 같은 걱정 속에 기다리고 있단다 ㅎㅎㅎㅎㅎ

빨래까지 다 걷어 정리하고 커피를 마시며 담배를 찐하게 피우는 아빠의 입에는 미소가 만들어졌단다.
이렇게 즐거움과 기쁨은 언제 어디서도 자기 자신이 만들 수 있는 거란다.

이제 우리 진상의 결혼식이 한 달도 채 남지 않았구나.

살아감에 있어 기쁨과 행복은 언제 어디서고 만들 수 있고 그것을 만들 수 있는 놈은 바로 자기 자신의 마음이란다.

이제 너에게 사랑한다는 말 하는 것도 얼마 남지 않은 것 같구나.
계속했다간 그 녀석이 질투할 테니……^^*

휴일, 즐겁게 보내거라.
우리 진상!

2015년 6월 27일 오후 06:17

JS야,

이 시간, 15층에서 바라보는 도심의 건물에 밝은 햇빛과 그늘이 서로 조화를 이루고 있구나.

하늘은 구름 한 점 없이 푸르고….

네가 결혼한 지도 벌써 한 달이 넘었구나….

이곳에 너에게 쓰는 글도 조금은 나이를 넣어야 할 것 같은 생각이 드는구나.

이제 너에게 글을 쓰지 않으려 했는데.

모처럼 한가한 주말 오후 문득 우리 진상 생각이 나는구나.

네 결혼식!

아빠는 그 누구에게도 아빠의 이 모습을 보이기 싫어 안 가려 했는데….

며칠 전부터 꼭 아빠 손을 잡고 식장에 들어가겠다는 착한 우리 딸 때문에 할 수 없이 참석한 아빠!

그리고 이를 악물고 우리 딸의 손을 잡고 걸어가 네 신랑 손에 네 손을 쥐여 주고…, 그리고 식을 마치고 나니 너보다 아빠가 훨씬 행복했단다.

고맙다!

우리 진상과 비슷한 성격의 밝은 네 신랑을 생각하니 아빠 입가에 미소가 그려지는구나.
'천생연분.'
생김도, 느낌도 그리고 성격까지 비슷한 두 사람을 보니, 우리 진상도 제법 할 줄 안다 하는 생각과 함께 아빠의 일생 중 또 하나의 큰 숙제를 마친 기분이란다.

아빠는 다시 한번, 네 신랑과 함께 왔을 때 너희에게 한 말!

항상 긍정적으로, 그리고 힘들거나 고통스러울 때는 그것을 즐기고, 의심의 마음은 절대로 담지 말고, 그리고 자식은 야구팀 정도…ㅎㅎㅎㅎ

잊지 말거라….

그리고 행복하거라…, 우리 진상!

2015년 7월 23일 오전 10:20

JS야,

오늘 아침은 장마전선이 북상한다고 하더니 하늘이 잔뜩 못마땅한 표정 이구나.

아빠는 어제 아주 황당한 일을 겪었단다.

늦은 오후, 컴퓨터 작업을 하다가 흔히 하는 습관대로 음악을 듣고 있노 라니 아빠 앞에 스마트폰의 리시버가 눈에 띄는 게 아니겠니?

그래서 무심코 그 리시버를 컴퓨터 리시버 단자에 꽂고 음악을 들으니 그 야말로 환상이었단다.

그 옛날엔 Stereo에서 4, 8트랙 사운드 입체음향 등이 생겨 한때는 발전하 는 오디오 세트를 계속 준비하곤 하였었는데…….

그동안 컴퓨터 스피커로만 음악을 들어서 그 사운드의 가치를 잊고 있었 는데….

컴퓨터 스피커에서 흐르던 Connie Francis의 〈True Love〉가 리시버를 귀 에 꽂는 순간, 확 전혀 다른 환상적인 노래로 바뀌는 것이 아니겠니?

왼쪽, 오른쪽의 각기 다른 소리에 몇 십 년 동안 잊었던 새로운 음악 세계 에 볼륨을 크게 올리고 아름다운 음악과 사운드의 세계 속을 즐기고 있었단다.

　그 환상의 세계를 시간 가는 줄 모르고 즐기고 있는데 그 사운드 속으로 작게 문을 두드리는 소리가 들리는 것이 아니겠니.

　그래서 볼륨을 줄이고 리시버를 귀에서 빼내니, 문을 쾅쾅 두드리면서,

　"형님, 형님." 하고 부르는 소리가 나기에 문을 열고 나가니 4명의 동생 녀석들과 경비실 아저씨가 무슨 큰일이 난 것처럼 서 있는 것이 아니겠니.

　나는 무슨 일인가 하여,

　"무슨 일이냐?"라고 하였더니 동생 녀석이,

　"형님 별일 없으세요?" 하기에 나는 어이가 없어서,

　"무슨 일?"

　그러자 C라는 동생이,

　"형님 집에 와서 벨을 눌러도 아무 반응도 없고 전화를 해도 받지를 않고 하여 형님에게 또 무슨 일이 생겼구나 생각하여, 모두에게 연락하여 이렇게 같이 왔습니다. 별일 없으세요?"

　녀석들은 모두 멀쩡한 나를 보고 어이없어 하면서 놀라는 표정들이었다….

　그간 119 신세 등 몇 번의 위급 상황이 있었기에 이번에도 또 그렇게 생각을 한 모양이었단다.

　이어폰을 귀에 꽂고 몇 시간을 아무런 방해도 없이 멋진 사운드의 아름답고 웅장한 세계에 있던 덕분에 이 난리를 겪었구나…ㅎㅎㅎㅎㅎㅎ

　"야, 이놈들아 어련히 내가 죽을 때가 되면 '야! 내가 이제 몇 시간만 있으면 멀리 갈 테니 잘들 있어라.'라고 연락을 안 하겠니? ㅎㅎㅎ"

오랜만에 만나는 멋진 Stereo의 세계가 본의 아니게 동생들을 놀라게 하고 말았구나….

하지만 이제 종종 잊었던 멋진 사운드를 즐겨야겠구나.
그러면 음악의 멋도 즐기면서 반가운 녀석들도 만날 수 있으니…ㅎㅎㅎㅎㅎ

이렇듯 좋아한 노래도 또 다른 방법으로 나를 놀라게 하듯이.
우리 '진상'도 이제 긴 시간이 지나면 주렁주렁 손자, 손녀를 아빠에게 보여 주어 아빠를 놀라게 하여 주면 안 될까?

Connie Francis의 〈True Love〉!
'진실한 사랑'처럼.

비록 우리 '진상'을 놈에게 빼앗겼지만, 아빠에게는 언제나 사랑하는 우리 '진상'이란다.

무덥고 습한 장마철이구나.
건강 조심하여라.

그리고 영원히 행복하여라.

2부

아빠의 횡설수설

아빠의 횡설수설은 멍청한 아빠가
그때그때 생각나는 대로 적어 본 글이란다.
만화보다 재미는 없겠지만
그냥저냥 봐 주렴!

후회 없는 삶

1. 부딪치며 살아라.

2. 도전하며 살아라.

3. 배려하며 살아라.

4. 의리 있게 살아라.

5. 믿으면서 살아라.

6. 돈은 어디까지 돈일 뿐이지 그것이 사람일 수는 없다.

7. 계산하지 말고 살아라.

8. 어려워도 누구에게나 풍족한 것은 있다.

9. 행복은 자신의 마음이 만들고 어려움 속에도 행복은 있다.

10. 아름다움과 즐거움을 만들며 살아라.

11. 음악과 글을 가까이하라.

12. 항상 남에게 즐거움을.

13. 탐냄과 부러움을 멀리하라.

14. 자신과의 약속은 꼭 지켜라.

15. 시작을 하였으면 끝장을 보아라.

16. 생각을 하였으면 바로 행동을.

17. 베풀고 생색을 내지 마라.

18. 죽을 때 웃으면서 죽을 수 있는 각오는 언제나……

19. 모든 걸 비우면서 살아라.

20. 그리고 가장 중요한 것은 누구나 사랑하며 살아라.

사람과의 관계에 있어 첫째는 벽을 쌓지 말아라

사람과 사람의 관계에 있어 첫째는 서로 간에 벽이 없어야 한다.

있다고 없는 사람 상대 안 하고, 공부 잘한다고 못하는 학생 업신여기고 등등 현재 우리 사회는 이러한 벽이 점점 높아만 가고 있다.

그러다 보니 계층이라는 것이 점점 많아지고 계층 간의 벽으로 인하여 사회는 넓어지지만 대화는 줄어드는 그러한 모순의 세상을 살아가고 있단다.

사랑하는 D와 JS야 부디 인간관계의 벽을 쌓지 말고 넓은 세상을 살도록 하여라.

항상 약자의 편이 되어라

사랑하는 JS와 YJ야 강한 사람 또는 소위 힘깨나 쓴다는 사람 뒤를 졸졸 쫓아다니는 것처럼 추하고 보기 싫은 것은 없단다.

너희들에게 아빠는 공부에 대하여서는 한마디도 안 하고 너희들을 키워 왔다고 생각한다.

아빠가 너희들에게 강조한 것은 항상 공부를 잘하는 것도 좋지만 그보다 더욱 좋은 것은 '친구들이 좋아하는 사람이 되어라.'였다.

학교에서 소위 왕따당하는 친구가 있다면 너도 왕따를 당하는 한이 있더라도 왕따당하는 친구 편이 되어 주어라.

수십 명의 친구들로부터 비난을 받을지라도 왕따를 당하고 있는 친구 한 명의 고마운 마음이 훨씬 크고 소중하단다.

자신의 능력은 마음에서 시작된단다

능력이란, 요즘 세계와 같이 전쟁에 가까운 경쟁 시대에 있어 매우 중요하단다.

그러나 요즈음의 세계에선 예전과 달리 자신의 능력에 대한 가치를 알기가 힘이 든단다.

그것은 예전에는 상대방 또는 타인의 능력이 높으면 부러워하면서도 능력의 높음을 인정을 해 주었지만, 상대방의 능력이 높으면 자신과 관계가 없음에서도 질투와 모함을 만드는 것이 지금의 세상이란다.

능력이란 매우 중요한 것이다.

학업의 능력이 높으면 학교 성적이 우수하고, 직장 생활의 능력이 높으면 직장에서 인정을 받아 동료 또는 자신의 선배를 앞지르는 승진이 있으며, 사업적 능력이 있으면 무슨 사업을 하더라도 성공을 한단다.

이렇게 중요한 능력이지만 그것은 마음에 따라서 그 진정한 가치를 만들수 있단다.

그리고 또, 그것은 사람에 따라 오만한 능력과 겸손한 능력으로 구분이될 수 있을 것이다.

오만한 능력은 종국엔 화를 부르지만, 겸손한 능력은 존경과 성공을 함께얻을 수 있을 것이다.

사랑하는 JS야!

세상 모두가 그런다 하여 마음까지 버리지 마라.

설사 고생은 할지라도 참마음을 버리지 않는다면 기쁨은 항상 너의 것이란다.

무슨 일을 할 때는 항상 긍정적인 사고를 가져라

어떠한 일을 할 때 많은 사람들은 어떻게 할까 하면서 고민들을 많이 한다.

이 '어떻게'라는 말이 있을 때에는 부정적인 생각보다는 긍정적인 생각을 갖고 일을 처리해 나가거라.

어떤 면에서는 부정적인 생각을 갖고 일을 처리하게 되면 대부분 힘들게 일을 하여야 하지만, 긍정적인 생각을 갖고 일을 처리하게 되면 일단 마음이 편하게 일을 할 수 있으며 설사 일을 처리하는 방법이나 답이 틀렸다 하여도 마음 편히 수정할 수 있단다.

이렇게 긍정적인 사고는 자신의 능력도 향상시킬 수 있단다.

자신의 생각이 답이 아니다

우리 주위에서는 흔히 서로가 옳다고 언쟁을 하는 경우가 많다.

그리고 그것은 회사의 회의 때도 종종 발생을 한다.

타인과 대화를 한다든지, 회사에서 회의를 한다든지 언제나 자신의 생각이 답일 수 있는 확률은 많아야 50% 미만일 것이다.

그 50% 정도의 확률을 갖고 서로 논쟁을 한다는 것은 설사 자신의 생각이 옳다 하더라도 얻는 것보다는 잃는 것이 더욱 많을 것이다.

언제나 무슨 주제를 갖고 토론이나 회의를 할 때에는 확실하게 그 주제에 대하여 스터디를 한 다음에 정확한 답과 그리고 그 답에 대한 자세한 설명을 할 수 있을 때 그때 비로소 그 주제에 대한 주장을 할 수 있도록 평소에도 무엇인가를 알려고 할 때 어설프게 아는 것보다 확실하게 알아야 할 것이다.

무슨 일을 시작할 땐 과감히 하여라

사람들은 새로운 사업을 하기 위하여, 또는 삶에 있어 어떠한 선택을 함에 있어 이리 재 보고 저리 재 보고 그리고 또 재 보고 이러한 망설임 끝에 대부분의 사람들은 생각했던 일을 포기하고 만다.

물론, 어떠한 일을 시작함에 있어 돌다리도 두드려 보고 간다는 말처럼 신중하다는 것은 좋은 일이고 또 현명한 일이기도 하다.

허지만 돌다리를 두드려 보고 또 두드려 보고 하였는데 아무런 이상이 없음에도 불구하고 그 돌다리를 건너지 않는다는 것은 무엇을 하여 보겠다는 마음이 애초부터 없었던지 아니면 용기가 없던지…….

아빠는 너희들에게 무슨 일을 하기 위해서 계획을 세울 때 하나의 단어를 그 계획에 참여케 하라고 권하고 싶단다.

그 단어가 바로 '과감히'라는 단어이다.

일을 같이 시작함에 있어서도 과감하게 시작하는 것과 조심조심 시작하는 것과는 초기 추진에 있어서도 큰 차이가 있다고 생각한다.

또한 할까 말까 망설이다, 결국 못 하다가 다른 사람이 하여 성공을 하면 그때 내가 했어야 하는 건데… 하며 후회하는 이런 사람, 우리 주위에 많이 볼 수 있단다.

설사 망하더라도 '에이, 원 없이 잘했다.'라고 생각한다면 잃는 것도 있지만 얻는 것은 더욱 많이 있단다.

항상 자신감을 가져라

우리 주위에는 매사에 자신이 없이 어깨를 축 늘어트리고 하루하루를 사는 사람들이 많이 있다.

매사에 자신이 없다는 마음 하나로 그 사람은 자신의 기본적인 능력마저도 내팽개친 사람이다.

반대로 비록 큰소릴지라도 자신감이 넘쳐 있는 사람은 자신의 기본적인 능력보다도 훨씬 큰 능력을 발휘할 수 있다. 자신감이라는 것은 마음의 능력이라 할 수 있다.

우리가 배운 것을 지식의 능력이라 한다면, 그 지식의 능력을 활용함에 있어 자신감은 상당히 중요하다.

어떤 일을 추진함에 있어 자신감이 있다면 그 지식의 능력을 100% 이상 활용할 수 있지만, 반대로 자신감이 없다면 어떤 일을 추진함에 있어 그 지식의 능력의 50%도 채 사용을 못 할 것이다.

이상과 같이 우리가 살아감에 있어 자신감은 매우 중요한 것이다.

세상에서 가장 아름다운 말

과연 무슨 말이겠니?

아빠는 서슴없이 대답할 수 있단다. '의리!'라고.

의리라는 말은 주먹 세계의 말도 아니고 남자들만의 말도 아니란다.

동료 간의 의리, 부부간의 의리, 부모와 자식 간의 의리, 이러한 관계 속에 의리라는 말이 움직이고 있다면……, 사람과 사람 간의 갈등, 미움, 불신, 이런 것들은 모두 사라지고 없을 것이다.

아빠는 주위 사람들에게 항상 얘기한단다.

'의리'라는 말은 제일 무식하고, 우직하고, 그리고 가장 아름다운 말이라고…….

그리고 이 사회에 '의리'라는 말이 살아 있었다면 적어도 지금처럼 어지러운 사회가 되지 않았을 것이라는 것도…….

사랑하는 JS야!

의리라는 말, 절대 잊지 말고 버리지 말아라.

모든 사람들이 항상 너를 따를 것이다.

우리말 중에 가장 무거운 말은?

우리말 중에 가장 무거운 말은 무엇일까?

바로 '관용'이라는 말일 것 같다.

'관용'이라는 말속에는 용기, 인내, 노력, 인자, 이 모든 것이 들어 있다.
'관용'을 베풀기 위하여서는 용기, 인내, 노력, 인자 이 모든 것이 필요하기 때문이다.

따라서 '관용'이 있는 사회는 따뜻하고 맑은 사회가 될 수밖에 없을 것이다.

사랑하는 D와 JS야 '관용!'
너그러운 마음으로 용서를 베푼다는 것, 쉽지만은 않은 단어이지만 막상 살아 있는 관용 안에는 부드러움과 따뜻함이 가득 들어 있는 말이기도 하단다.

관용이나 의리를 베풂에 있어 대가는 생각지 마라

관용이나 의리는 자기나 상대나 모두에게 따뜻한 마음 외 다른 것이 있어서는 그것은 관용이나 의리가 아니고 경우에 따라서는 교활 또는 음모라는 부정적인 결과를 만들 수도 있단다.

순수한 마음과 따뜻한 마음으로 행하는 관용과 의리는 상대에게도 기쁨을 주지만 그것을 행하는 나 자신에게도 지금보다 더욱 큰 순수한 마음과 따뜻한 마음을 만들어 준단다.

자기 자신만 아는 삶은 더 이상 삶이 아니다

세월이 지날수록 사람들은 자기 자신만 생각한다.

자신만 알고 자기 혼자만 생각하는 삶, 그것은 살아간다고 말할 수가 없다.

사람이 인터넷도 있고 자동차도 있고 음악도 있고 모든 것이 풍족한 무인도에서 혼자 있다고 생각하여 보자.
과연 살아갈 수 있을까?

사회 구성의 기본은 사람이고, 그러기에 주위의 미운 사람, 좋은 사람 모두 우리가 살아감에 있어 소중한 것이다.

함께하는 세상, 이것은 우리가 살아감에 있어 다른 어느 것과 바꿀 수 없는 가장 소중한 것이다.

어려움이 닥치면 두려워하거나 힘들어하지 마라

살아간다는 것은 파도와 같아서 좋을 때도 있고 나쁠 때도 있는 것이 사람의 삶이다.

어려운 일이 생겼다고 그것을 가슴에 안고 있으면 다른 모든 것까지 힘들어지고 만다.

어려운 일이 닥치면 두려워하거나 힘들어하지 말고 그 어려움을 즐겨라.

어려움을 가슴에 품는다고 그 어려움이 해결되지 않는다.

어려움이 생겼을 때, 그 어려움에게 그래 어디 한번 해보자 하는 마음을 갖고 즐겼을 때, 그 어려움은 어려움이 아니라 너희들의 게임의 상대일 뿐이다.

그런 마음을 갖고 어려움을 대하면 어려움은 빠르게 해결할 수 있고 따라서 어려움에서 벗어날 수 있을 것이다.

아직도 이만큼이나 있네

우리는 살아가면서 많은 어려움을 겪고 살고 있다.

그중에서도 무언가 부족한 것으로 인한 어려움을 겪을 때가 많이 있단다.

특히 돈이 없으면 많은 사람들은 힘들어한다.

그러나 돈이 없다고 마음까지 없앤다면 힘들 수밖에 없단다.

돈이 조금밖에 없다고 불안한 마음을 갖지 말고, 마음만은 편하게 갖는 것이 어떨까?

'어— 이제 돈이 이것밖에 없네!'라고 생각하면 마음이 불안하여 그 걱정 때문에 돈이 들어올 수 있는 기회를 놓칠 수도 있단다.

차라리 '어— 아직도 돈이 이만큼이나 남았네!'

이렇게 생각하면 마음도 편하고 돈이 들어올 수 있는 기회를 놓치지 않는단다.

사람은 흔히 '마음먹기에 달렸다.'라는 말을 쓴다.

아무것도 아닌 말 같지만 매우 중요한 말이란다.

인터넷에 올리는 글 한 자 한 자가 중요하고
자기 생각이 답이 아니라는 걸 명심하거라

JS야, 네가 인터넷에 올린 글을 보았다.

그건 아니라 생각한다.

인터넷에는 자기의 감정이나 장난을 쓰는 것이 아니라 생각한다.

아빠는 인터넷에 글을 올린다는 것은 OFF—Line보다 더욱 신중하여야 된다고 생각한다.

자신의 글을 때로는 수많은 사람들이 볼 수도 있기에 답이 아니면 쓰지를 말아라.

또, 자신과 맞지 않는다 하여 과격한 또는 천박한 글도 올리지 말거라.

상대방 의견도 존중하여야 하는 곳이 인터넷상이라고 아빠는 생각한다.

누가 자신을 알아보지 못할 것이라는 생각으로 막말을 한다거나, 상대를 비하하는 말을 한다거나 하는 것은 크게 잘못된 생각이다.

자신의 글을 가장 먼저 볼 수 있는 사람은 곧 자신의 양심이다.

많은 사람들이 그러한 글을 쓰는 것이 습관이 되다 보면 무의식 속에 점점 자기 자신이 얼마나 망가지고 있다는 것을 깨닫지 못한단다.

다른 사람들이 모두 그리한다고 너까지 따라 하지는 말아라.

아빠가

'이 사회에 너를 담지 말고 네 마음에 사회를 담으라 했다.'

이 말에는 위와 같은 행동도 포함이 된단다.

때로는 배고픔이 푸근한 마음을 만들 수도 있단다

아빠가 어려움 속에 사업을 시작했을 때의 일이란다.

당시 여의도 KBS 별관 뒤에 사무실이 있었는데, 어렵게 시작한 사업이라 처음부터 모든 것이 부족하였단다.

그런데 어느 날, 경리에도 10원 한 장 없이 텅텅 비었단다.

점심시간이 다 되어 가는데 낭패가 아닐 수 없었다.

그래서 아빠 주머니를 뒤져 보니 모두 합쳐서 짜장면 6그릇 값은 나왔단다.

우리 회사 직원은 아빠까지 모두 7명이었는데, 한 그릇 값이 모자란 것이 지.

그래서 과장에게 돈을 주고 점심 때 짜장면이라도 시켜 먹으라 하니,

"사장님은요?"

"응, 나는 오늘 점심 약속이 있어."

그렇게 말하고 밖으로 나와서 여기저기 다니다, 1시간가량이 지나서 입에다 성냥개비를 물고 사무실로 들어갔단다.

"식사들 했니?"

"네, 사장님은요?"

"응, 나도 먹고 왔어."

당시 아빠는 몹시 배가 고팠지만 편안하게 일을 하는 직원들을 보았을 때 마음은 가볍고 편안했단다.

"조그만 희생일지라도 그 희생은 때로는 마음의 기쁨과 평화를 가져온단다."

음악은 행복이란다

음악은 마법과도 같은 거란다.

식사할 때 음악 소리가 들리면 밥맛과 식사 시간이 즐겁고, 우울할 때 자기가 아는 노래가 들리면 그 우울함이 사라지고, 하루의 피로도 아는 노래가 나오면 저절로 흥얼거리게 되고, 또한 음악은 우리가 혐오하는 것도 아름답게 만든단다.

예를 들어 우리가 어릴 때 배운 〈구슬비〉라는 노래에는 우리가 싫어하는 거미줄도 얼마나 아름답게 표현하였느냐?

"송알송알 싸리잎에 은구슬"
"조롱조롱 거미줄에 옥구슬"

어느 누가 이 노래 속의 거미줄을 싫다고 하겠느냐?

이렇게 음악은 사람의 삶을 즐겁고 행복하게 하여 준단다.

음악은 어떠한 공부보다도 복잡한 거란다.
음, 리듬 등 하나의 음악은 매우 복잡한 것이 모여 만들어진단다.

허지만 그 어려운 음악은 공부를 잘하는 사람이나, 못하는 사람이나, 나이가 많거나 적거나 모두에게 똑같이 쉽게 들어간단다.

예전에 아빠가 음악을 좋아하니 동생들이,

"형님은 거칠고 싸늘한 형님답지 않게 무슨 노래를 그렇게 좋아하십니까?"

하기에,

"미친놈! 그것이 무슨 상관이냐!"

하며 야단을 친 적이 있었는데, 만약 아빠에게 음악이 없었다면 지금의 이 모든 고통이 너무도 힘들었을 것이다.

항상 음악을 가까이하며, 생활을 즐겁게 만들거라.

음악에는 미움도 증오도 걱정도 없으며, 오직 음악은 언제나 사람을 행복하게 만든단다.

자신이 싫어하는 사람의
좋은 점도 받아들일 줄 알아야 한다

우리는 흔히 자기가 싫어하는 사람의 모든 것은 무조건 나쁘다고 한다.
옳고 그름은 사람이 좋고 나쁘다는 것과는 다르단다.

아빠가 일본에 갔을 때의 일이다.

나리타시는 공항 인근의 작은 도시다.
대부분의 일본의 도시가 그러하지만 일본은 어느 마을에 가더라도 깨끗
한 것이 특징이다.

나리타시 역시 거리에 휴지 조각 하나 없이 깨끗한 것이 인상적이었단다.
곳곳에 집 앞에는 가지각색의 화분을 가득 놓아 집 앞을 다니는 사람들에
게 즐거움을 주고 있다.

나는 일본에 대하여 별로 좋은 감정을 갖고 있지 않은 사람 중에 한 사람
이다.

그러나 친분 있는 사람의 가정을 방문하고는 조금은 놀라고 말았다.
일본의 집들은 작은 것들이 대부분의 특징이었다.
집 안에 들어가니 집 앞의 깨끗하고 아름다운 것과는 달리 좁은 집 안에

이것저것 정리도 안 되어 있고 약간은 좀 지저분한 느낌마저 받았다.

그것을 보고 나는 느낀 것이 있었다.

일본 사람들은 자기 자신보다 남을 우선 생각하는 것이 몸에 배어 있어 자신의 집 안은 지저분하지만 남들이 다니는 집 앞은 깨끗이 하여 남을 즐겁게 하여 주는구나 하는 생각을 하게 되었다.

나는 우리 집 앞을 항상 깨끗이 하는데, 밤에는 주차 공간이 없다 보니 차량을 주차시키고 아침 일찍 출발한다.

차가 가고 나면 그 자리에 어김없이 쓰레기 봉지, 음료수통들이 널려져 있다.

어떤 때는 담배 재떨이를 버린 듯, 담배꽁초가 수북이 떨어져 있다.

그리고 많은 운전자들이 그러한 행동들을 하고, 어떤 때는 주부들도 쓰레기를 마구 버린다.

그런 사람들일수록 다른 사람이 자기의 눈앞에서 그런 행동을 한다면 목소리를 높일 사람들이다.

나는 일본 사람들의 그런 습관은 우리가 배워야 한다고 생각한다.

유행은 마음을 병들게 할 수도 있단다

지금 우리 사회는 온통 명품과 브랜드로 멍들고 있다.

명품이 무엇이고, 유명 브랜드는 무엇이냐?

너도나도 명품을 갖고 있다면 그것은 더 이상 명품이 아니고, 너도나도 유명 브랜드를 입거나 신으면 그것이 어찌 유명 브랜드이냐?

어쩌다가 우리 사회가 유명 브랜드의 옷을 못 입었다고 성인이나 아이들이나 부끄러워하는 세상이 되었는지 모르겠구나.

부모들은 자녀들이 유명 브랜드의 옷을 입지 않으면 기가 죽는다고 유명 브랜드 옷을 사 준단다.

자녀들에게 유명 브랜드를 사 주지 못한 부모들은 마음 아파하고 그것을 못 입는 자녀들은 기가 죽어 사는 사회가 되었단다.

명품 가방이나 명품 옷을 못 입는 사람들은 가짜 명품을 찾는다.

그래서 또 우리 사회는 가짜가 판을 친다.

엄마들은 자녀들이 유명 브랜드를 입어야 기기 죽지 않는다는 생각보다 그러한 생각을 자녀들에게 주었을 때 그 자녀의 인성의 교육은 망가지고 있다는 것을 느끼지 못하는 것 같구나.

유명 브랜드보다 사리 분별과 공부를 잘하는 자녀는 유명 브랜드의 옷을 입지 않아도 절대로 기가 죽지 않을 것이다.

명품만 좇는 사람이나 그 명품을 살 형편이 안 된다고 가짜 명품을 찾는 사람들이나 모두 조금은 생각을 해 보아야 될 시기가 아닌가 생각한단다.

아빠는 군대 가기 전까지는 미군들 입는 군복을 검정색으로 염색하여 입었고 신발도 오래 신을 수 있는 군화를 신고 다녔단다.

당시는 맘보바지, 나팔바지, 섹션 바지 등이 계속 유행을 만들었는데, 아빠는 언제나 유행하고는 거리가 먼 헐렁한 패션이 전부였단다.

허지만 언제부턴가는 많은 사람들이 아무렇게나 입고서도 항상 당당한 아빠의 옷 모양을 따라 입는 사람이 많아졌단다.

아이들아, 남들이 무엇을 좇는다고 아무 생각도 없이 무조건 따르지를 말아라.
한 번쯤은 생각을 해 보고 좇는 것도 나쁘지는 않을 것이다.

유행이란 때로는 마음의 병도 만들 수 있단다.

남들이 만든 유행보다 자기 자신이 옳고 그름을 판단하여 만든 마음과 지식의 유행은 어떠하겠니?

고통스런 일이 생기면
그 고통에 이기는 것을 목표로 삼아라

아빠가 새로 이사 온 이곳에 어느 정도 짐을 푼 뒤 필요한 것이 있어 카트를 끌고 물건을 사러 집을 나왔단다.

이마트를 갈까 하다가 길동에 큰 규모의 다이소가 있는 게 생각이 나서 지하철을 타고 다음 역인 길동역에서 내려 다이소가 있는 입구 쪽 출구로 가니 엄청나게 높은 계단이 있더구나.

그래서 돌아서 건너 쪽으로 가면 엘리베이터가 있는 것을 알기에 그것을 탈까 하다가 '에이 내가 이까짓 것쯤이야!' 하고 올라갔단다.

그리고 다이소에 가서 물건을 샀는데 의외로 필요한 것이 많아 사고 보니 카트가 다 차고도 상당히 많은 물량이 남았는데 대형 쇼핑 봉투에도 들어가지 않아 종업원에게 단단히 좀 묶어 달라 하여 카트를 끌고 또 시원치 않은 오른팔로 한 다발의 물건을 들고 힘들게, 힘들게 가다가 지하철 입구에 다 와 가서 지하철 입구 계단에 그만 오른발이 걸리면서 앞으로 고꾸라지고 말았단다. 엄청난 통증에 튕겨 날아간 두 덩어리 상품을 챙기는 건 엄두도 내지 못한 채 엎어져서 꼼짝도 못하고 있으니 지나가던 사람들이 119를 부르라고 소란들 떨기에 억지로 일어나 앉아 괜찮다고 하고, 이렇게 조금만 쉬면 된다고 하고 계단에 앉아 다리를 억지로 움직여 보니 정상인 왼쪽 다리가 더욱 심하게 아파서 바지를 걷어 올리고 보니 무릎이 깨져서 피가 흐르는 게 아니겠니? 이 정도면 뼈가 상했을 텐데 하면서도 이를 악물고 억지로 일어나 앉았다 일어났다를 천천히 한 뒤 기다시피 짐을 챙기고 택시를 탈까 하다가 아니야 지하철로 가야지 생각하고 다리가 잘라지는 것 같은 통증을 참고 기다시피 건너편 엘리베이터 있는 쪽으로 가다가, 아니야… 계단으로 왔으니 계단으로 가는 거야 결심하고 그 긴 계단 앞으로 가기 시작했단다. 참고로 아빠는 계단을 오를 때보다 내려갈 때가 더 힘들고 그리고 위험하단다.

거기에 제대로 걷지도 못하는 불구자가 이사하느라 탈진한 상태, 어디가 어찌 됐는지 정체도 모르는 부상, 극심한 통증, 꽉 채운 카트와 커다란 덩치의 또 하나의 짐, 군대 유격훈련이고 공수 훈련이고 온갖 고통을 최고의 실력으로 다 겪은 아빠지만 오늘 같은 고통은 없었을 것 같구나.

이를 악물고 강동역 에스컬레이터를 나오니 바로 입구에 나를 아는 요구르트 아줌마가 있기에 '윌'을 달래서 연거푸 몇 개를 마시니, 그 아줌마가 다리에 흐르는 피를 보고 상처를 치료해 주겠다고 하였지만 '윌'을 몇 개 마시니 조금은 살 것 같아 웃으면서 괜찮다 하고 드디어 집에 들어왔단다.

집에 오니 '아, 내가 또 해냈다.'라는 생각과 함께 상쾌한 기분이 통증을 누르는 기분이란다.

상처를 소독하고 치료한 뒤 다행히 뼈는 이상이 없고 근육만 놀란 것 같았지만, 새집 신고식 한번 혹독하게 치렀구나.

며칠 동안 이 고통은 계속되겠지…? 생각하면서도 그래도 그때마다 내가 너(고통)를 이겼다 생각하면 기분도 계속 좋지 않겠니?

신앙은 자신의 신앙이나
타인의 신앙이나 똑같이 소중한 것이고
기도를 할 수 있다는 것 또한 행복이란다

어제, 우연히 길에서 전도하는 사람들이 자신들의 종교를 믿으라 하면서 다른 종교를 격렬하게 비난하는 걸 보았단다.

신앙은 자신의 신앙이나 타인의 신앙이나 똑같이 소중한 것이고 기도를 할 수 있다는 것 또한 행복이란다.

너희들 요즘은 성당에 나가지 않고들 있지.

너희가 어릴 적 아빠가 성당에 처음 데리고 가면서 한 말 기억하니?

당시 아빠가,

"아빠는 수십 년을 성당에 다녔지만 아직도 성경 말씀이나, 종교라는 것에 대하여 아직도 확실히 모르고 있단다. 허지만 우선은 일주일에 한 번쯤은 복잡한 세상에서 벗어나 미사를 보는 잠시라도 경건함 속에서 마음을 다스리고 지난 일주일 동안의 일 중 반성할 것이 있다면 반성도 하여 보고 하는 것도 살아감에 있어 나쁜 것은 아니지 않느냐!"

하고 너희들을 성당에 나가게 하였었지.

신앙이란 맹목적으로 그냥 나간다고, 그리고 그냥 봉사활동 한답시고 거기에 미치고, 또 자기와 같은 종교가 아니라고 비난하고 등등 우리 주위에선 독실한 신앙인이라 하고서 행동은 그렇지 않은 사람들이 수없이 많단다.

아빠도 한때는 명동성당에서 사목 활동을 하였지만 그러한 역겨운 행동의 수많은 사람을 보았고 또 그들로 인한 마음의 피해도 보았단다.

허지만 아빠는 아빠의 신앙을 절대로 버리지 않는단다.

왜냐구?

어릴 적 수녀님으로부터 들은 성모님에 대한 인자한 말씀, 그리고 성모마리아와도 같으신 너희들 할머님의 평생 진정한 종교 생활과 끝이 없으셨던 봉사활동, 이런 모든 것이 거친 생활을 하여 온 아빠지만 단 한 번도 신앙을 지워 보질 않았단다.

허지만 아빠는 어느 누구도 아빠가 성당을 다니는 것을 단 한 번도 내색을 하지 않았기에 아빠가 신앙인인 것을 거의가 모르고 있단다.

신앙이란 자기 자신의 마음속에 그 아름다운 얘기들을 담아 두는 것이라 생각한다.

다른 사람들의 종교, 그것도 절대 비난하여서는 안 된다고 생각한다.

그 사람의 종교, 그것도 그 사람에게는 소중한 것이다. 타인의 종교를 비난한다면 그 사람은 더 이상 신앙인이 아니고 위선자일 뿐이다.

아빠는 다시 한번 너희들이 다시 성당에 나가는 것이 어떠하겠느냐고 얘기해 주고 싶구나.

아빠는 오는 화요일에 또 성모병원에 간단다.

아침엔 스케일링하러 치과, 오후에는 아빠의 염라대왕인 신경과, 이렇게 하기 싫은 진료를 보러 가지만 치과가 끝나고 나면, 병원 안 성당에서 10시 반 미사를 볼 수 있다는 기쁨에 그날이 오히려 기다려진단다.

이것도 신앙인이기에 가질 수 있는 기쁨이자 행복이고, 또 너희들이 우악스럽다고 말하는 아빠가 가끔 아무도 몰래 혼자서 조용히 기도를 할 수 있다는 것도 신앙인의 특권이기도 하단다.

허지만 성직자들의 정치 관여나 정의 구현 운운하면서 하는 운동 등에 대하여서는 역겨운 마음을 갖기도 하단다.

순수와 사랑이 있는 믿음, JS야, YJ야, 한 번쯤 생각해 보렴….

조금은 눈을 감고 사는 습관도 가져라

요즘 사람들은 대부분 다른 사람이 자기가 싫어하는 행동을 하면 나쁘게만 생각을 한단다.

모든 것이 다 자기 마음에 들 수는 없는 거란다.
그것이 대부분 각자의 성격이고 개성일 수 있단다.

모든 사람이 모두 얼굴이 다르듯, 성격과 개성도 얼굴과 같이 모두 다를 수밖에 없단다.

자기 자신이 남의 성격도 존중할 수 있게 되면, 너의 성격은 모든 사람들로부터 '저 사람은 성격이 너무 좋다.'라는 말을 들을 수가 있고, 그러면 너는 사회생활의 승자가 될 수 있는 것이란다.

그것뿐 아니고, 너의 모든 스트레스를 절반으로 줄일 수도 있단다.
현대인의 생활에서 타인에 의하여 생기는 스트레스도 적지 않기 때문이란다.

눈을 가끔은 감는 지혜, 현대인에게는 꼭 필요하다고 생각한단다.

몸을 마음으로 통제하는 능력을 길러라

많은 사람들은 피곤하다, 아프다 등 몸이 불편할 때, 그것은 마치 수렁과 도 같이 점점 그 속에서 빠져나오지 못하고 사람은 활기찬 생활이 어렵게 된단다.

아침에 출근하려고 일어나야 하는데, 눈이 안 떠지고 졸리고 하니 조금만 더, 조금만 더 하다 허둥대며 출근하고, 그러면 그런 일이 매일 반복되고, 조금만 아파도 아무 의욕도 없이 자리에 누워 있고 하는 것이 반복되다 보 면 다른 모든 일과 상황도 활기차지가 못하다.

이제 이렇게 한번 해 보거라.
우선, 마음속으로 '이제 내일부터는 일찍 일어나야지.'라고 다짐을 하여 보거라.
다음, 아침에 일어나려고 하는데 또다시 잠이 오고 몸이 말을 듣지 않으 면 그때, '아니야, 내가 이제부터는 일찍 일어나겠다고 마음먹었었지!'
그 생각을 떠올리면, 그때는 힘들지만 일어날 수 있게 된단다.

그것은 아플 때도 마찬가지란다.
'이 정도 가지고 내가….'

이 마음 하나면 그것도 충분히 극복할 수 있단다.

이렇게 마음은 보이지 않는 것이지만

몸을 통제하는 능력을 가진 자신만의 것이란다.

마음이 울적할 때나 혼란스러울 때는
스케치북을 들고…

지금 우리는 매우 복잡하고 혼란스러운 사회에서 살고 있단다.

즐거움도 복잡함 속에서 만나고, 고통도 혼란 속에서 생긴단다.

이럴 때, 이젤까지는 필요 없고 스케치북이라도 들고 아름다운 전원 또는 산과 바다로 가서 차분한 마음으로 도시에서는 볼 수 없는 조용하고 아름다운 눈에 보이는 풍요한 선물을 화폭에 담아 보아라.

어릴 적, 학교 미술 시간이나 사생 대회에 밖에 나가 풍경화를 그린단다.

그때, 모든 아이들은 자리를 잡고 미술에 소질이 없든 소질이 있든 모두 자기의 눈에 보이는 것을 화폭에 담는단다.

그 그림, 잘 그리고 못 그린 것은 하나도 중요하지가 않다.

중요한 사실은 모든 아이들이 자신의 눈에 보이는 진실을 그렸다는 사실 이다.

이와 같이 음악은 우리에게 즐거움을 주지만 미술은 우리에게 진실을 만들어 준단다.

거짓과 음모, 그리고 온갖 권모술수가 난무하는 복잡한 사회!

이곳을 벗어나 아름다움 속에서 잠시라도 진실과 함께할 수 있다면 이것도 삶의 기쁨이 아니겠니?

최선을 다했다?

무엇을 하다가 잘못되었을 때, 우리는 흔히들 '최선을 다했지만….' 또는 '최선을 다했다.'라고들 말한다.

허지만 아빠의 국어사전에는 '최선을 다했다.'라는 말이 없단다.

오직 해냈다, 못 해냈다, 되었다, 안 되었다, 두 가지 말뿐이다.

'최선을 다했다.'라는 말은 변명을 위한 구실의 단어일 뿐이다.

'최선을 다했다.'라는 말을 하여야 할 것 같으면 아예 애초부터 시작을 말고, 그 말을 해야 될 것 같은 상황이 되면 지저분하게 '최선을 다했지만…, 어쩌고저쩌고 변명을 하느니' 차라리 아무 말 없이 깨끗이 목을 길게 내놓고 마음대로 하라고 하는 것이 멋지지 않을까?

또한, 추하게 배부른 것보다 미소 지으며 배고픈 것이 훨씬 이쁠 것 같은 생각이…^^*

정부, 방송 등 모두 우리나라에서
가장 무서운 것이 무엇인지 아무도 모르는 것 같구나

예전엔 버스를 타면 젊은이들은 거의 앉지를 않았단다.
의례 빈자리는 어른들의 몫이었기에.

그러나 지금의 지하철을 타 보면, 이것이 우리 사회구나 하는 것을 분노와 함께 느낄 수가 있단다.
수많은 젊은이들은 앞에 아무리 나이가 많은 어른이 서 있어도 자리를 양보하지 않고 모른 체 앉아 있고, 사람이 자리에 일어나 내리려 하면 서로 앉으려 하고, 이런 광경은 간혹이 아니라 전부 그렇구나.
마치 당연한 것처럼….
이것이 지금의 우리 사회란다.

지금 우리 사회는 예전에 아빠가 얘기한 '의리'라는 말뿐 아니라 '공경', '예의', '배려'라는 말까지 사라지고 말았다.
방송이나 정부에서는 성폭력이니, 강절도니 하면서 매일 요란하구나.

허지만 그것은 하나도 무서운 것이 아니란다.

정작 무서운 것은 우리 사회에서 '공경', '예의', '배려'라는 말이 사라지고 있다는 것이 더욱 무서운 것이라는 것을 아무도 모르고 있단다.

'공경', '예의', '배려'라는 말이 살아 있는 세상이라면 그러한 흉악 범죄도 생겨날 수가 없단다.

무슨 말이냐고?
어릴 적부터 인간의 도리를 찾아 주는 교육이 중요하단다.
교활한 위선을 가르치는 교육, 그 교육은 권력의 자리에 올라 편법과 불법으로 부를 축척하려고만 하고 있다.

그리고 이 시대의 부모들 역시 모든 자녀들이 자라서 위선과 탐욕의 그 길만을 가도록 하고 있단다.

만약 우리 사회에 '공경', '예의', '배려'라는 말에 대한 중요성을 가르치고 모든 어린이들이 어릴 적부터 그러한 배움과 말에 대하여 접하고 자란다면, 그리고 인간의 기본이 살아 있는 세상이 된다면……, 더 이상 흉악 범죄가 판치는 세상은 되지 않을 것이다.

그러기에 올바른 삶의 가치가 정립되지 않은 인간의 기본이 없는 사회는 흉악 범죄가 판치는 세상보다 더욱 무서운 세상이란다.

이것이
아빠란다 ③
우리 진상과의 대화

ⓒ 신형범, 2023

초판 1쇄 발행 2023년 12월 15일

지은이   신형범
펴낸이   이기봉
편집   좋은땅 편집팀
펴낸곳   도서출판 좋은땅
주소   서울특별시 마포구 양화로12길 26 지월드빌딩 (서교동 395-7)
전화   02)374-8616~7
팩스   02)374-8614
이메일   gworldbook@naver.com
홈페이지   www.g-world.co.kr

ISBN   979-11-388-2587-0 (03810)

- 가격은 뒤표지에 있습니다.
- 이 책은 저작권법에 의하여 보호를 받는 저작물이므로 무단 전재와 복제를 금합니다.
- 파본은 구입하신 서점에서 교환해 드립니다.